婉兮

著

那些打不败你的
终将让你更强大

民主与建设出版社

Democracy & Construction Publishing House

图书在版编目（CIP）数据

那些打不败你的，终将让你更强大 / 婉兮著 . —北京 : 民主与建设出版社，2017.4（2023.11重印）
ISBN 978-7-5139-1486-4

Ⅰ . ①那… Ⅱ . ①婉… Ⅲ . ①散文集—中国—当代
Ⅳ . ① I267

中国版本图书馆 CIP 数据核字（2017）第 071635 号

© 民主与建设出版社，2017

那些打不败你的，终将让你更强大
NAXIEDABUBAINIDE ZHONGJIANGRANGNIGENGQIANGDA

出 版 人	许久文	
编　　著	婉　兮	
责任编辑	刘树民	
封面设计	仙　境	
出版发行	民主与建设出版社有限责任公司	
电　　话	（010）59417747　59419778	
社　　址	北京市朝阳区阜通东大街融科望京中心 B 座 601 室	
邮　　编	100102	
印　　刷	大厂回族自治县彩虹印刷有印公司	
版　　次	2017 年 5 月第 1 版　2023 年 11 月第 2 次印刷	
开　　本	880mm×1230mm　1/32	
印　　张	9	
字　　数	209 千字	
书　　号	ISBN 978-7-5139-1486-4	
定　　价	36.00 元	

注：如有印、装质量问题，请与出版社联系。

就像这连接起两座山的高架桥，不仅让天堑变通途，自身也成为一道美丽的风景一样，人生中的低谷，不仅让人生多了一份财富，也让生命多收获了一份坚强。

　　就像天边每天落下又升起的
太阳一样，努力其实也不过是人生
最常态的一种存在。有努力才有可
能，不努力一切都是零，努力的意
义就藏在努力的过程中。

每个好姑娘，都更应让自己活得有底气。因为自己有底气，才能更坦然地行走于世间。

　　"腹有诗书气自华"，心灵
得到的滋养会慢慢反馈到一个人的
脸上、身上，一点点地渗入到灵魂
中，渐渐改善一个人的整体形象。

　　出身贫寒不是问题，问题在于我们能否正视贫穷，从小就懂得自己所处的位置，明白劳动以及努力的意义，并培养战胜贫穷的勇气，获得改变命运的能力。

　　在这个越来越繁杂、越来越
光怪陆离的外部世界里，我们更
要懂得守住自己的内心，过好自
己的人生，做更好的自己。

前　言

有一段时光让我终生难忘。

那时我刚刚工作，月薪不到两千，穿着地摊货，吃着外卖送来的盖浇饭，没有男朋友也没有钱。不管往前还是往后，生活都是一片茫茫然的不知所措。

夜里我躺在租来的10平米小屋里，连哭都觉得局促和拥挤，想想还是算了，倒头躺下刷手机，日子便这么浑浑噩噩地过。

这不是我想要的生活，可我不知道怎样走到人生的光明轨道里去。

后来我和许多人聊起，才知道这是一个人生的必经阶段，作为一个没背景没爹可拼的普通姑娘，成长路上总有一些黑夜无法避免。

当你穿上高跟鞋化好妆，独自去面对这个世界的风刀霜剑时，成长才真正开始。

车水马龙的街头应该走着许多类似的女孩，出身普通、容貌普通、工作也普通，唯独心中的那个梦闪闪发光，照着前进的路和勇敢的心。

我的梦是由一个又一个的方块字构成的。写到了今天，会有许多姑娘告诉我，她们从我的文字里看见自己的影子，感觉灵魂被安抚被治愈，于是便在疲惫时生出力量再出发。其实，这样的话语也让我倍感欣慰，坚定了要一直写下去的决心。

写书的人和看书的人，是相互成全、相互依存的，不是吗？

有人评价我的文章是"鸡汤界的一股清流"，或许是因为我写的都是最寻常的年轻男女，奋斗了十几年才和别人坐在一起喝咖啡，省吃俭用买一瓶香水犒劳自己。有时觉得自己卑微如蝼蚁，不断刷屏的阶层固化与原生家庭论仿佛一个魔咒……

可我不相信，这样的你我找不到一条路通往幸福和高贵。我写在书里的十几万字，归纳下来不过短短一句话：努力了不一定会成功，但不努力就一定不会成功。

其实这也是我的人生信条，伴随我走出滇南乡村的蜿蜒小径，走过一生最黑暗的时光，走到了如今的繁花开处。

《那个嫁了穷人的女同学》刷爆朋友圈时，我收到了无数评论和留言，有人不屑一顾，但更多人肯定这样的爱情和努力，期待着自己能像故事里的杨丽丽和李明，手牵手从寒冬走到春天。

真的可以的，前提是你们都用心生活着、认真爱着。世界再大，也有一个角落容得下积极向上的一对青年男女。苦一阵子而不苦一辈子，应该成为我们所有人的人生信念。

少年时我喜欢写爱情，笔墨重重地落在风花雪月上，句子旖旎而华丽，端的是少年不识愁滋味，为赋新词强说愁。到了今天，爱情却只构成本书的一部分，我更乐意分享的，是一个女孩的生活方式与精神状态。

这是成长的必然，也是生活的必需。我的第一本书，记录的便是以上的思考。

写作中恰逢嫁为人妇的喜悦，及至本书出版，当年所愿已陆续完成。30岁前，我终于给了自己一个不算太坏的交代。

愿翻开此书的每一个你，最后都能活成自己想要的模样。

婉 兮

2017年2月18日写于云南家中

目录
CONTENTS

049 | 第二章
走出低谷，你就多收获一份坚强

107 | 第三章
好姑娘，更要让自己活得有底气

157 | 第四章
好的爱情，必然能成就更完整的你

215 第五章

外界噪音太多，我只想过好我自己

第一章

努力的意义就藏在努力的过程中

努力就有可能，
不努力一切都是零

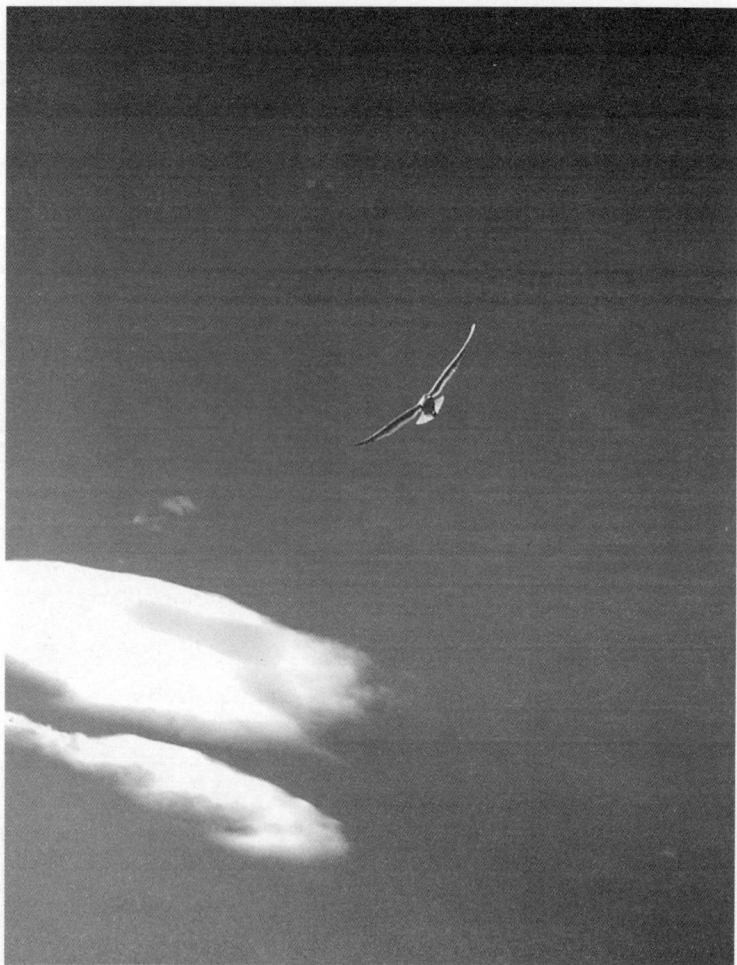

爱抱怨的人，
注定过不好这一生

1. 话痨伯伯那被耽误的一生

我爹有个朋友，年过半百，是个话痨。一见人就自动开启聊天模式，不说个三两小时决不罢休。

说什么呢？说他那被耽误的一生。

这位伯伯生于20世纪50年代末，是一个矿工的儿子。

他的幼年时期，政治运动正如火如荼开展着。书没读多少是真的，但也没遭遇上山下乡那等厄运。等到顺顺当当长到18岁，就招工进了厂。

前20多年里，他的优越感十足。那时的产业工人很吃香，整座城市的经济命脉都由他们来支撑，厂子效益也非常不错，学校、医院等配套设施一应俱全，日子甭提多舒心了。

但是后来，波及全国的工人下岗潮来了。幸运的是他并不是下岗的那一个，只是一夜之间工资缩水，曾经的骄傲都成了明日黄花。

于是他变成了男版的祥林嫂，对工作得过且过，在日复一日的抱怨里提前内退。

渐渐地，抱怨变成了一种极度的仇恨。每次见面，他都会拉着我说一堆偷梁换柱的政治理念。

可是上升到了政治的大概念绕一个圈，最终的落脚点依旧是：国家对不起他，耽误了他的读书求学，又粉碎了他的小康生活。

可据我所知，当年的他根本就没动过高考的念头，在日常工作中，也从未有过进一步的详细规划。

等到老了，只能泡一杯茶坐在自家窄小的客厅里吐沫横飞地叫嚣责骂一个看不见摸不着的社会。

这样的人生真可悲。

2. 时代真倒霉，黑锅背了无数个

前几天，老公的公司要招出纳。我想到了伯母妹妹的女儿琳达。听说这姑娘自考过会计资格证，现在还待业家中。

小时候我们经常一起玩耍，也算得上熟悉。我在微信上询问她的意见，她一听说实习工资不到两千，便一口回绝，完了发过来一个语音信息，怨气冲天："你老公那是什么破公司？"

我还没来得及回复，噼里啪啦的语音又传了过来，吐槽了当今各种社会现象。最终的呈辞总结是：要是有钱，我早移民国外了，不待这个破地儿！

实在是哭笑不得，总有一些人，喜欢将自己所有的不如意都归结为社会环境，家国背景。

一言以蔽之，不是我的错，错在社会和时代。许多原因于是由小化大，由具体变为抽象，久而久之，就成了个人无法背负之重。

毕竟那是社会的问题啊，一摊手，我不过是赶上了，有什么法子？

琳达和我同龄，自小衣食无忧，靠着漫画和动画片过完无忧无虑的童年。

上了初中，数学和英语成了拦路虎。学习一直处于中下，却始终优哉游哉，对父母花大价钱请的家教嗤之以鼻。

拿她的话来说："我是没用功，等用功起来吓死你们！"

转眼六年匆匆而过，大学没考上，琳达又琢磨着自考，于是又在家里守着电脑蹲了两三年。

好不容易拿到毕业证和会计证，找不到工作，她特别恼怒："我一个堂堂本科生，在这么个小县城竟然找不到工作？你看这物价飞涨、民不聊生的，大学生也不包分配，最坏的时代都被我赶上了！真倒霉！"

时代遇上这种人，黑锅背了无数个，也挺倒霉的。

3. 别让你的人生止步于无休止的抱怨

琳达或许不知道，还有数以亿计的青年和她一样，生活在高房价、高物价的高压时代，吸着雾霾顶着乌云，无爹可拼更无处可逃避，唯一能做的，只是奋力向前。

我们所处的环境大致是相同的，不同的是，**你对环境的认识和态度将决定你的未来走向**。

而这世上，最没用的是止步于无休止的抱怨。

做记者时，我采访过一位企业家，和那位爱抱怨的伯伯同龄。

伯伯招工进厂的时候，这位姓李的企业家正发愁吃不饱饭。他出身于一个贫困农家，家中人口多、田地少，不得已动了"投机倒把"的心思。

开始是从村里收几个土鸡蛋偷偷摸摸背到城里卖，改革开放后，政策一松动，他立马开了一家小小的农村土产店。积累下第一笔资金，他又破釜沉舟投资了本县第一家自选超市。

不料开业第一天就被盗走将近两万元货物，但他想到的不是世风日下、人心不古，而是苦苦思索管理漏洞，找出应对措施，咬着牙把超市继续开下去。

中间几起几落，多少辛酸悲痛他并没有详说。反正十几年后，他的连锁超市开遍全市各地。采访中，他说过这么一段话："我家里穷，能靠的只有自己。但要感谢这个好时代，给我提供了创业环境。"

你看，相似的环境，造就的是完全不同的人生。总有一些人，能够敏锐觉察到发展趋势，懂得顺应环境，变不利为有利。

资源与背景或许会厚此薄彼，但如果你眼里看的、心里想的都是社会的不公，除了吐槽埋怨再无其他行动，那这一生，大概就真的过不好了。

你的大事，
就是做好每一件小事

1. 你真的被公司大材小用了吗

公司新招的姑娘辞职了，她来向我道别，委婉地暗示公司大材小用。

姑娘本科毕业，才貌俱佳，进了公司做文员，本来就有屈尊之感，端茶倒水的琐碎事儿干了一星期，辞职走人的想法就窜了出来，而且立马付诸实践。

我竟然有些无言以对，是从什么时候开始的，刚刚离开校门的孩子们，都有那么强大的自信，认为初出茅庐的自己可以独当一面？

我接手公司的人事工作还不到半年，却见过许多入职不到三个月就甩手走人的学生。只有一个男孩，让我刮目相看。

暂且叫他小超吧，他应聘的岗位是仓库主管，主要职责是管理仓库中的货品出入。仓库主管，其实也只是听着好听，这个职位活儿多事儿杂，而且必须时刻准备做好公司建设一块砖，哪里需要就往哪里搬。

公司主营艺术陶的生产销售，所以上班第一个月，小超每天的工作都是擦洗陶具。一米八的大男孩，坐在小凳子上，弓着身子弯着腰，一边擦拭一边认识品种繁多复杂的陶器。

就拿茶壶来说，我们有几十种壶型上百样装饰需要一一登记入库。有心人小超在擦洗过程中已经把它们认识清楚。没几天，一份一目了然的货品记录表就摆到了总经理办公桌上，比起我们习惯用的，更加简便也更加详尽。因此，小超的试用期提前结束。

能认真做小事，并从小事中发现大问题的年轻人，运气真的不会太差，因为他足够用心。

2. 学会了走，再想着跑

十多年前风靡大江南北的《大长今》，讲的是一个烹饪大师的成才史。那些华丽的韩服、精致的菜肴我都不大记得了，印象最深的却是女主角儿时学厨的画面。

那些小小的女孩，在御膳房里择菜、洗菜、切菜，认识各种各样的食材。有时也心痒难耐，渴望入厨一展身手，但这样的想法总被尚宫们拒绝呵斥。

还没学会走，怎么你就想着跑？

让你做小事，是打下扎实的基本功。因为所有的事情都是由小到大，集腋成裘的。小事里培养出的工作能力和应变方式，才是最终目的所在。

金庸笔下的郭靖郭大侠，在一众武林高手里资质最普通，但这个有点愚笨的傻小子，后来却学到了降龙十八掌，练成绝顶高手。

我们都小看这个傻小子的基础了。

年幼时郭靖师从江南七怪，花了15年时间系统学习了习武的基础。

他学韩宝驹的鞭法、全金发的枪法、南希仁的南山刀法、朱聪的分筋错骨手、柯镇恶教的接暗器手法……这些似乎不值一提的功夫，却是后面高深武功的奠基石。

试想一下，没有这些功夫做基础，即使洪七公愿意倾囊相授，恐怕郭靖也无福消受。

一个人成功了，谁都看得到他那些惊天动地的丰功伟业，却从来不曾在意起步时的点点滴滴。可若没有点点滴滴做根基，一切不过是空中楼阁，空想罢了。

3. 世上所有的小事，都是和大事联系在一起的

东汉时有一少年名叫陈蕃，自命不凡，一心只想干大事业。一天，陈蕃父亲的朋友薛勤来访，见他独居的院内龌龊不堪，便对他说："孺子何不洒扫以待宾客？"

陈蕃答道："大丈夫处世，当扫天下，安事一屋？"

薛勤当即针锋相对反问道："一屋不扫，何以扫天下？"

陈蕃无言以对，无言以对的大概还有古往今来无数个和陈蕃一样的年轻人，用"成大事者不拘小节"来为自己的懒惰散漫找借口。

整理屋子、做饭洗碗，在这些我们不屑的小事里，其实正隐藏着你对生活的态度，塑造着你对一应事务的应对能力。

一个房间如同垃圾场的鲜亮姑娘，外貌再完美无瑕，性格里的马虎急躁也会在某个毫无防备的时刻忽然跳出，鸡飞狗跳弄坏一桩大事。

有句话说得特别有道理，**你的房间，就是你的生命状态。**

因为，世上所有的小事，都是和大事联系在一起的。

没有人打扫卫生，我们的工作环境就会脏乱差；重要的会议开不好，工作起来心情不佳，必然就会影响公司的运转发展状况。类似的小事多了，大事必然受到损害。

从这个意义上来讲，工作并无大小之分，不同的岗位应对不同的职责，区分的只是人的经验值与战斗力。

没有天生做大事的人，只有能从小事做到大事的决心和勇气。

运气好的人有个共同点

1. 运气真好，那只是表象

村里有家人，在省城卖烧烤发了财，买了房又买了车，据说还开了几家分店，做得风生水起。

不久前，这家的大儿子结婚，回乡摆酒时开了一辆奥迪，神气活现地停在打谷场上。看稀奇的乡亲们络绎不绝，啧啧称赞着，不时冒出一两句，"这家人的运气可真好，才去几年呀，就开上豪车住上大房子了"。

恰巧我弟弟和这家的二儿子很熟，喝酒聊天时，就把这些话学给他听。这家的老二长叹一声："兄弟，你是不知道我们当时有多苦啊。哪儿有什么好运气，不就是能吃苦、够努力？"正好有酒有肉，这家伙便就着一点醉意，开始讲述自家的创业故事。

当年他家地很少，日子很艰难。兄弟俩双双辍学，进了一家烧烤店打工。"烧烤是夜里才卖的，每天都要熬到三四点才能睡，冬天还好，夏天待在炉火边简直要脱一层皮！"就这样，兄弟俩边干边学，掌握了烧烤的基本技巧后，又东挪西凑了两万块钱，终于支起了一个烧烤摊。

自己当老板，比打工又难出许多倍。无论夜里忙到几点睡，兄弟俩都必须爬起来赶早市，买回新鲜的食材，接着又要调料，该切片的切片、该串串的串好。暮色降临华灯初上，两人便吭哧吭哧登上小三轮往夜市赶去。

路过许多红男绿女，经过满街的繁华烟云，但热闹是别人的，他们有的只是一个小摊位。苦干了将近三年，有了本金和稳定客源，他们才租下店面。没钱雇帮工，年过半百的父母撸起袖子上阵，一家四口忙忙碌碌又两年，才奋斗成了有房有车一族。

"可我们的青春，都在烟熏火燎里耗完了。"老二讲出一句文艺无比的话，有几分伤感。

好运只是表象罢了，背后那些流血流汗的付出，才是赤裸裸的真相。

2. 与如意郎君相匹配的好运

一个姓张的姑娘嫁了有钱人，朋友圈偶尔晒出的包包和度假地都是电视剧里才可能看见的东西。聚在小店里喝着奶茶谈起她，老同学们总是一撇嘴，嘚瑟什么啊？运气好罢了。

嗯，在有些人眼里，所有的成功都可一言以蔽之，运气好。

事实上我们都知道，嫁给有钱人有多不容易。要肤白貌美、要学识渊博、要上得厅堂，小镇平民家庭出身的张姑娘并非一步登天，结识富豪并得其赏识，也并不是一个偶然。

小学时，我和张姑娘是同桌。这个白白净净的秀气小女孩，字儿写得特别认真漂亮，学习成绩也不差，讲话时温声细语，是个家教极好的女孩。

听说她那一双教师父母对她的要求极为严格，除了学校布置的作业，还有大量的家庭课程等着她去完成。

所以当我们疯跑在逼仄小巷里捉迷藏时，她正绞尽脑汁解着奥数题，或是背着唐诗宋词，有时也练习吹长笛，那是小镇上唯一可培训的乐器。

于是张姑娘以一个学霸的姿态纵横校园十多年，最后考上了国内某顶级高校，进入一流研究机构工作。然后在一次聚会上，遇见了现在的丈夫，两人相谈甚欢，大有高山流水遇知音的感觉，遂结秦晋之好，自然而然。

当一个优质男人站在你面前时，能吸引他的是美丽容颜，可让他决定是否娶你的，却是你的颜值、能力与学识构成的综合素质。

张姑娘用了十几年来准备，才在如意郎君到来时，拥有了与之匹配的一切。

嫁对人的确是女孩一生最大的幸运，但当幸运从天而降，两手空空的你，又拿什么去接住那块大馅饼？

幸运之神眷顾的，永远不会是身无长技的你。

3. 背运不是一天两天形成的

将别人的成功都归结为运气的那些人，过得往往不怎么好。

过去有个同事，时常挂在嘴边的一句话就是，我怎么会这么命苦？

少年时因家贫上不了高中，悲悲切切读了一个中专，她认为不通情理的父母毁了自己的前程。

工作了忙着谈恋爱结婚，她疏于业余，工作换了好几个，升职加薪自然没有份，她觉得自己好委屈，运气简直差到了极点。

有段时间我们同处一个办公室，她经常拉着我东家长西家短地聒噪。我忙着写稿没空搭理时，她便开始看电视逛淘宝，快下班了才匆匆忙忙打开表格。效率低就不说了，重要的是财务数据经常出错，差点引起轩然大波。

于是她在我们公司待了不到半年就被炒鱿鱼，又马不停蹄开始了下家的寻觅。一直在路上，却一直到不了终点。

好运不是天生的，背运也不是一天两天形成的。

一个人懒了、消极了、懈怠了，周围也会渐渐形成一种低压气场，满脸都写着倒霉。这种时候，做事成功的概率往往也会随之降得极低。

解药只有一个，那就是振作起来，挥着小皮鞭催自己奋力向前。

4. 越努力越幸运

从前听别人说越努力越幸运，只觉得那是矫情的鸡汤，所以一口也不愿喝下去。

后来我自己写公众号文章、做自媒体，为了保证日更绞尽脑汁。6点半起床边做早餐边找选题，到了办公室抓紧时间干活，休息间隙里写提纲打腹稿，下班回家坐到电脑前专心敲字，还要赶着时间把文章发布到各个平台……

在那之前我三两天出一篇稿，写稿频率全凭心情来决定。有时兴致勃勃写好了投给自己心仪的媒体，结果却不是被退稿就是石沉大海。

狠狠逼了自己一把，陆陆续续写上几十篇后，竟然有大号编辑主动找来。想不到的是有篇文章一炮而红，转载的约稿的蜂拥而至，我趁热打铁加了好几个编辑的微信，接下来的路，就真的好走了不少。

而我也在一夜之间成为了别人眼中的好运女，可只有我自己才知道，把别人喝咖啡的时间用在写作上是种怎样的体验，那真的不比按部就班得过且过舒服。

原来所谓的一鸣惊人，都有十足的努力和付出来支撑。

不幸的人或许各有不同，好运的人，却有千篇一律的上进心和执行力。

上大学对出身低微的你
到底有何意义

我常常会想，如果没有努力为读书奋斗过，没有考上大学，现在的生活会怎样?

其实也不难想象，许多儿时小伙伴的成长与生活轨迹已经为我勾勒出了另一种人生的模样。

无非是外出打工、结婚生子，大好年华付之流水线和田间灶头。其实生活本无好坏之分，只能说懂得过日子的人，有可能将"锄禾日当午，汗滴禾下土"变成令人神往的诗意田园。可事实，显然不是这样。

我出生在云南东南部的一个小坝子里，这里并不是大家以为的贫苦山村。相反的，因为水源丰富与交通便利，很早的时候便成为区域性蔬菜生产基地。大货车车轮滚滚，将大车大车的蔬菜运到全国各地，再把富足的日子带回来。因此，作为90后，我们的童年虽然比不上城里孩子那样蜜里调油，但也谈不上多么艰苦朴素。

到了今天，许多人家建起了小别墅，各类现代化电器设施一应俱全。从生活水平上来讲，也算够得上小康的尾巴了。可即便如此，大部分人的生活似乎还是粗陋不堪的，像是被红泥黄土圈囫地抹了一层，尤其是在孩子的教育问题上。

邻居家的儿子大我十岁，在我考上大学那年匆匆摆了喜宴，迎娶他那个当时已身怀六甲的新娘。新娘是和我一起长大的，婚纱被肚子撑得高高的，一张浓妆艳抹的脸，看上去却稚气未脱。

很小的时候，我们一起玩耍，一起上学，背着小书包手拉手奔跑在一路泛着稻谷清香的乡间小路上。然而这样的日子只维持了六年，小学毕业后我考上重点中学，到了县城读书，和她的来往便渐渐少了。后来她外出打工、回家结婚，我们更像是两条相交直线，交点一过，便渐行渐远。

与她再次熟识起来却是四年后，刚刚大学毕业的我得了重病，不得不放下一切回家休养。

也就是在那时，我才发现记忆中沸腾不止的村庄已经渐渐冷却为一个空壳。年轻的男男女女迫不及待地奔赴远方，方圆几里的家乡，能坐下来陪我聊聊天的，也只有她了。

四年，她由妙龄少女，长成一个真正的农妇。

黝黑粗壮的身躯被包裹在廉价鲜艳的衣裙里，她来找我说话时，总是在腋下挟了未完工的十字绣，两个年幼的孩子叽叽喳喳环绕在周围。

盛夏的傍晚，天边的彩霞辉映，如同她手中飞舞交缠的各色丝线。只是，白布上的锦绣牡丹盖不住她嘴里源源不断的牢骚抱怨，话题不外乎家庭、老公、婆婆，一旁玩闹的孩子总会不时激起她的怒火，她便随手拉过来在他们的屁股上狠狠打一巴掌，再继续吐沫横飞，以最恶毒的话诅咒着婆婆偏心小姑子……

她的两个孩子都是我家的常客，每次都是咋咋呼呼地冲进来，拿起茶几上的各色水果糕点就啃。假期，他们的父母忙于农活时，通常就是5岁的姐姐带着3岁的孩子走街串巷，玩泥巴或是打水仗，浑身弄得脏兮兮。在地里辛苦一天的她，每每回来看到这副"惨状"，孩子免不了又是一顿揍。

孩子们的生长如同野草疯长，只要具备了必要的空气和水分就能肆意发展。至于养分，那太奢侈。

与此同时，我的一个朋友小露也在朋友圈秀着她的育儿生活。

小露的女儿和邻居家的女儿同龄。照片里的小姑娘穿着公主裙，正蹲在广场上伸着小手喂鸽子。夕阳的余晖笼罩下，那一幕美好得像是天使降临人间。

小露是我的高中同学，同样出身云南乡村。大学毕业后，她做了中学教师，然后飞速结婚生女。对她的女儿，小露倾注了十二万分的爱，从怀孕开始，每个月一封给女儿的信详细记录了孩子的整个成长过程。她的朋友圈也不时发出几张女儿跳舞弹琴的照片，或是推荐几本儿童读物。物质与精神的双重充裕下成长起来的小姑娘，和邻居家的女儿看起来好像是两个世界的人。尽管，她们的母亲曾经站在同一条起跑线上。

人生的确没有什么公平可言，早在出生之时，距离便已注定。但这距离，也并非不可超越。

最近大热的哈佛演讲者何江，就是一个活生生的例子。相同的出身与截然不同的人生，靠什么逆袭与翻盘？当然，上大学不是根本原因，但大学生活所带来的眼界与思维方式的转变，却是一个人乃至一个家族转变的开始。

高考后，我到了长沙，在一所非著名理工院校学习新闻。尴尬的专业，尴尬的处境，一切似乎都在验证青春那种矫情而又实实在在的迷茫。2008年，正值金融危机，几乎所有的新闻都在报道裁员、破产，"毕业即失业"这样的话我听了不下百遍。大学生眼高手低，起薪还比不上农民工的言论也不绝于耳，知识与文凭仿佛被贬到了一个前所未有的新低度。

近几年来，《寒门难再出贵子》《教育就是拼爹》一类的"毒鸡汤"文席卷网络，实话说，作为一个奋斗多年才跳出农门的姑娘，这些文章也曾让我沮丧无比。何江那样的人毕竟太少，大多数平凡如你我的寒门学子，大多在四年学习后融入熙熙攘攘的社会大熔炉，平静得就像一滴水融入大海。但，即便如此，我也相信没有什么可以抹杀掉努力的意义。

因此我努力学习采访、写稿、拍摄，努力参加学校的每一个活动。所有的一切努力，能让我在同学中卓尔不群，却没能让我在毕业后飞往大洋彼岸深造，也没能让我顺利进入政府部门或是垄断国企。然而，和我的祖辈父辈相比，我已经不可否认地前进了一大步。

你要明白，努力的意义，从来都不是一步登天。

我的另一个好友Vivi，是我们那一届同学中唯一考上北大的女孩子。她在北京认识了留美归来的丈夫，后来两人一同进入某金融机构任职，顺利完成了从小县城到首都的转变。

她的爷爷奶奶、外公外婆都是农民，父母在80年代毕业于省内的师范大学，是小县城里的特级教师，和今天的我、今天的小露如出一辙。

现在再看到邻居心急火燎地拎着棍子赶着骂着哭号的女儿去上学，我都会想到小露的女儿，Vivi未来的孩子。一代又一代的儿女长成，所谓的阶级流动，缓慢但是有序。

"阶级流动"这种词带着分化色彩，听上去终究有些刺耳。但有一句话说得极有道理，"寒门的崛起，至少需要十代人的努力。"那我们，何不做奠基的第一代？

真正的学霸
过得都不会太差

1. 早早领悟了奋斗意义的老张

我们称他为老张，因为在大多数人还懵懵懂懂，不知努力为何物时，他就早早领悟了奋斗的意义。而那一年，我们都不过十来岁的孩子。

那年的老张穿着一双解放鞋，背着旧布包，一件不太合身的外套松垮垮地罩着他瘦弱的身躯。

他趴在座位上研究一本书，崭新的小学奥数，是从图书室借来的。身边不时跑过嬉闹的同学，却丝毫影响不了他的思考。

农村的小学，即使到了现在，离奥数都还很遥远，更不要说将近20年前了。但班级排名第一的老张，已经在课余时间独自探索那个深奥而神秘的数学世界了。

你可能会觉得，是家庭氛围熏陶了老张。可事实并非如此，老张的母亲早逝，兄弟俩跟着小学都没毕业的父亲过活。

一分钱掰作两半花的贫苦日子，教会老张的就是穷发奋、苦读书，用知识来改变命运。因此，小小年纪，他就成了一枚大写的学霸。

上个世纪末，出身农村的我们都笃信上大学是唯一出路，但能真正做到头悬梁锥刺股的人并不多。因此在一轮又一轮的升学淘汰中，能够时时处于前十的人，渐渐就只剩了那么一两个。而老张，就是其中之一。

这样的老张即使高考发挥失误，也考上了许多人可望而不可即的北航，四年后，被保送进入清华大学硕博连读。得知这个喜讯时，我想起了小时候他说过，他的理想是进入清华园。十几年后，他做到了。

从乡野孩童到准高端人才，老张的生活已经发生了翻天覆地的变化。童年时的窘迫贫寒自然一去不复返，生活水平上了一个大台阶。更重要的是，老张的阶层、社会地位都得到了很大程度的提升。

努力到了极致，怎么可能没有丰厚的回报？

那些轻视学霸，认为文凭和学历无用的人，还是一边歇着去吧。

2. 一个高智商的学霸姑娘

我的高中同学里，Vivi是唯一一个考上北大的女孩子。

毕业后Vivi留在北京，嫁给了海归博士黄先生。黄先生也是学霸一枚，目前任教于北京某高校，两人志趣相投，遂买房安家，人生目标实现了一大半。

婚礼上，一对新人讲起恋爱经过，三句话不离口的竟然是学习。两人因学习交流而相识，在日复一日的相处里互生情愫，又在携手共进的路上窥见对方的更多美好……

在场的宾客都会心一笑，学霸嫁给了学霸，说起来真是一段佳话。

Vivi是一个典型的乖乖女学霸，从小考到高考，都是市级状元。难得的是，即使进入了国内最高等学府，她也依旧谦逊好学，修了第二专业，兢兢业业地经营着自己的学业和人生。

黄先生动心那一刻，除了她的娟秀外表，必然还看见了一颗积极向上的可贵真心。

和老张不一样的是，Vivi是富养大的女孩。她出身于一个高级教师家庭，奋斗对她来说，不带半点功利驱使。

所以命运回赠她的，除了物质与学识，还有最甜蜜的爱情与婚姻。

努力的女孩过得都不会太差，更何况一个高智商的学霸姑娘？

3. 黑板上写下的一个大大的"拼"字

去年的秋天，珊珊从人大研究生毕业，进了一家赫赫有名的媒体做财经记者。这在我的意料之内，也在情理之中。

我对她最深的记忆，是大学第一次班会，她在黑板上写下了一个大大的"拼"字。当时她在竞选学习委员，站在讲台上侃侃而谈，认为学习靠的就是拼搏。

我们在一所理工大学读新闻，无论师资力量还是学术氛围，都与一流大学相隔十万八千里。所以进校第一天，我的室友珊珊便立下了考研的目标。

四年同居一室，我目睹了一位学霸是怎样炼成的。

珊珊是我们寝室里唯一作息规律的姑娘，10点睡6点起是她雷打不动的习惯。早餐后背单词、看专业书，课堂上认真听讲、积极提问，晚自习天天泡在图书馆，业余时间参加社团活动，也不耽误交友恋爱。

珊珊的大学生活，简单概括一下，就是高中生活的丰富和延续。

也许有人要笑她死脑筋，但四年来，稳居专业榜首的始终是她。一到考试月，她的笔记就被整个专业的同学复印下来传阅。如此扎实的专业功底，为她的考研道路做好了铺垫。本科毕业后，珊珊便如愿进入中国人大——国内新闻专业最高学府。

小镇姑娘珊珊，现在是干练优雅的高知女性，朋友圈里偶尔晒出的生活无不精致美丽，终究活出了一个女孩子最精彩的模样。

你若向她请教经验，她多半还是那句话，拼呀！

4. 学霸并非都是天生的智商超群者

什么样的人才能够被称为学霸？

大部分人的回答也许是能考高分数，但我觉得分数只是一个表象，与"学霸"二字画等号的应该是勤奋、坚持、自律等美好品格。

珊珊数十年如一日地坚持着早睡早起看书学习，这样的女孩，**即使身处低谷困境，也会竭尽所能地管理好自己，因为自律两个字已经深深刻进了她的骨子里。**

我也曾见过Vivi随身带着的复习小册子，老张就更不用说了，冬练三九夏练三伏，从未有一天懈怠过自己的学业。

事实上，我们身边的许多学霸，都并非天生的智商超群者。他们中的许多人，靠的也是日复一日的不断练习才得到高分回馈。

在学生时代，分数是个人价值的最重要载体，也是一个孩子获取尊重与自豪感的最直接手段。

因此学霸们往往能得到更多的赞同与认可，**在人生最初的十几年时光里，就明白付出与收获是成正比的。**

成就精彩人生的并非是高分，而是获取高分中养成的学习、生活习惯，那才是获益终生的灵丹妙药。

所以，考上顶级高校，在更优质的平台上接触更广阔天地的学霸们，早就赢在了奔跑途中。

作为努力与奋斗的化身，他们怎么可能过不好这一生？

人穷就要多读书

1. 投资自己，不仅仅是华衣美饰和胭脂水粉

我正上着班，朋友小悠在微信上呼唤我："好无聊呀！刷手机也刷够了，不知道该干吗。"

正埋头于PS里抠图的我没空陪她瞎聊，便随口建议："那你看看书吧。"

她发过来一个满地打滚的表情："不想看，看不下去。"

我翻个白眼不想理她，时刻嚷嚷着自己穷到要吃土的小姑娘，整天做着发财的白日梦，却没有时间和精力坐下来认真读一本书。

小悠从某所专科学校毕业，在一家私企做文员，工资不到两千。做了快三年，还是不上不下不死不活地混着。为了满足几乎所有女人都有的那个买买买的欲望，她做过微商、炒过股、摆过地摊，可生活却总也不见起色。

做微商时，小悠卖的是内衣，成天复制粘贴的都是陈词滥调的旧文案，毫无看头。

我劝她："你试着自己写一点有意思的，或者女性健康科普

什么的，说不定可以提高销量呢？”

“可我不会呀！”她两手一摊，做个无奈表情。

我忍不住又翻白眼：“不会可以学。”

“哪里学？百度里有没有现成的？”

“做微商也算是经商啊，里面学问可大了，建议你看看书——”

“别，我一看书头就疼。”她立马打断，捧起手机又开始了自顾自地转发。

可是姑娘，在你经济状况拮据急需提升自己的时候，我认为读书学习才是最经济的途径。**女孩子当然要懂得投资自己，但投资可不仅仅是华衣美饰和胭脂水粉。**

2. 越是一穷二白时，越该读书

我的朋友中，最早靠一己之力买房买车的姑娘是阿楠，她是我见过的，最舍得买书的姑娘。

很久前，我们一起逛书店，我看中一套席慕蓉全集，标价100多。我犹豫几秒还是把书放回了原位。

阿楠捧着一大堆书走过来，诧异地看了看我：“贵吗？可我觉得买书就是买知识，多值得啊！如果连买书都舍不得，还谈什么投资自己呢？”

她抱着的一堆书里，有经济学书籍，有日语学习教材，甚至还有一本陆羽的《茶经》。

“你买这个干吗？”

我指了指那本《茶经》，她顺手拿起来翻了一下：“经常跟着我们老大去喝茶谈生意，懂点茶道总归不会错。”

那时我们都是走出校门不久的学生，对小文秘阿楠来说，总价将近300的书其实也不是一笔小开支，但她眉头不皱一下地买了单，在接下来的半个多月里埋头书海，看得比上学时还认真。

半年后，阿楠得到老板赏识升为总经理助理；

一年后，阿楠在接待日本来宾中表现突出涨了薪水；

两年后，自学会计的阿楠已经接了几家小公司的活，开始了兼职做账，收入翻番。

就这样，靠着工资、翻译和业余做账，阿楠攒够首付买了房。小是小了点，但那一砖一瓦，一碗一碟，都是自己辛辛苦苦赚来的。用她的话来说，那是"心里敞亮，斗志昂扬"。

就像付出不会被辜负一样，你读过的书、学到的东西都将化作无形资产，藏在你的气质里，附着在你的阅历上。然后在最恰当的时候发挥作用，助力你的人生和梦想。

所以，越是一穷二白的时候，我们越该读书。

没有钱已经很惨了，要是连知识也没有，还不懂得上进，那人生就基本没啥指望了。

3. 物质匮乏时，要保证精神世界不荒芜

我最穷的时候，应该是生病在家那两年。

没有工作、没有收入，像寄生虫一样依靠着年过半百的父母生活。如果一定要说成绩，大概就是写了一部非著名言情小说。

写作是一种思维输出，输出的前提是输入，而思维输入，靠的正是大量阅读。

为了打发难熬的时间，我下载了几百部经典网络小说，将辛夷坞、顾漫和南派三叔等一些大咖的作品读了个遍。

慢慢地，自己的故事也就有了轮廓，等我开始动笔的时候，病痛也因为心有寄托而被刻意看淡了好几分，心情竟也莫名其妙

地好起来。

所以你看，即使读的是"闲书"，换个角度换个方式，我们照样可以从中找到人生的支柱力量。

人在物质匮乏时，精神通常也会随之萎靡下来。此时的读书或许不能让你找到快速的生财之道，但你可以通过阅读丰富内心，保证精神世界不荒芜。

三年过去了，贫病交加时写下的那个故事，如今也被编辑看中，有了些微不足道的价值。虽然很小很小，但我十分感激当时那个拼命看书的自己。

书中的黄金屋与颜如玉，往往需要时间来酝酿，需要你耐住性子一页一页翻，一点一点去努力。

4. 为什么要在贫穷时多读书

读书与变得富裕之间，有没有必然的因果关系？

其实真不见得，毕竟这个社会，多的是不学无术的土豪和清贫的饱学之士。

那我们为什么还要在贫穷时多读书呢？

当你还是个穷人，要为了生存四处奔波时，**读书就是富养自己的最经济方式。**

多读几本书，你会知道世界有多大，视野更开阔。永远心怀希望，才不至于被眼前的局势困住；

多读几本书，你看问题的思维会转变，脑筋也会更灵活，做人做事的方法都会有所改进，摆脱贫穷的筹码可能也会增加几分；

多读几本书，在为衣食住行劳碌的每一个日子里，都为内心点上一盏灯，照着前进的道路和方向，不迷茫，也不迷路。

这，就是为什么人穷该多读书的答案。

宁可犯错，也别错过

1. 爱情里的对错都在自己内心

我从电视上看过一个忘年恋的故事，关于错了的爱情。

至今我仍清楚地记得那对老夫少妻，出现在江苏卫视的《人生》。她哭得肝肠寸断，他却始终冷漠如冰。走到了末路的婚姻，早已褪去了最初的传奇色彩，变得平淡，回忆全部成了刀子，一片片割着心。

故事开始于十几年前，高考落榜的女孩在复读中爱上了她的老师。忘年恋叠加师生恋，颇有几分琼瑶处女作《窗外》的感觉：风度翩翩的中年男人，饱览群书而气质儒雅，满足了一个爱做梦女孩对男人的所有幻想。幸运的是老师也爱上了她，两情相悦，自然就想求一个天长地久。

但在大部分人看来，这段惊世骇俗之恋显然大错特错。家人不同意，朋友同学不理解，到处都是指指点点的人群。于是他们相携私奔，去一个陌生的小镇开始新的生活。

这个女孩比纵横言情界多年的琼瑶奶奶勇敢太多，为了不错过真爱，毅然决然离乡背井，和自己的爱人相依为命。

最初的几年是幸福的，花前饮酒月下论诗，得一人生知己做伴，不会觉得日子长。因此柴米油盐的生活也过得别有风味。只是后来，他渐渐老了，她渐渐成熟了。

被掩盖了的年龄差距和矛盾日渐凸显，垂垂老矣的男人看着风华正茂的妻子，忽然意识到这段感情是个彻头彻尾的错。于是他冷落她责骂她，想要通过这样的方式使妻子厌恶自己，给她重新选择的余地。

他说，现在放了她，还不会太晚。节目最后的画面，是他孤独地坐在小镇的凄清路灯下，二胡乐声哀伤地撕破黑夜。风烛残年的老人，眼里有隐约的泪光。

但这并不是结局，一年后的某一天，我在电视上又看到他们。

据说后来，他甚至替她登过征婚广告，用一种让人无法理解的决绝来推她出门，但妻子坚决不肯走，而固执的老头终于再次被妻子的执着感动。

这一生相遇是对还是错？其实谁也说不清，只是**相对于错过了遗憾终生，我更愿意轰轰烈烈爱一场，大不了，爱对了是一生，爱错了是青春。何况爱情里的是否对错，从来都只在自己的内心。**

2. 人生不能错过的东西，除了爱情，还有梦想

人这一辈子，最不能错过的东西，除了爱情，还有梦想。

我有一个同学，年少时的梦想是做演员。然而在闭塞落后的边陲小镇里，这样璀璨华丽的梦看起来很不现实，许多人都认为那是痴人说梦。

事实上，他有资本。和大部分明星的少年时代比起来，并没

见得逊色多少。

首先，他长得特别帅气，眼眸深邃，鼻子高挺，在校园里是人见人爱、花见花开的万人迷。其次，唱歌主持样样有天赋。最后，他极善于模仿，学校晚会上演出小品，总能博得满堂喝彩。

当然，他也有文艺积极分子最常见的缺陷：学习成绩太糟糕。老师和家长都认为他颠倒了主次，太不务正业。在许多人的眼里，读书学习才是唯一的出路，唱歌演戏和歪门邪道并没有什么两样，年轻人，朝着既定方向行走最为稳妥，不犯错误，安安稳稳走完一生，多好。

这样的话听多了，他也渐渐对自己产生了怀疑。

我们都怕犯错，大人们常常以"一步错，步步错"的古训来教育后辈，人生必须精准计算出每一步，确保不行差踏错。于是，他就有些动摇了。

初中毕业，他没有考上高中，我们就此失去联系。直到七八年后我们在家乡县城重逢，他守着一家小小的铺面，成为了一个二手车买卖中间人。

我们叙旧时，正好有个电话进来，是他的客户。他说得眉飞色舞、唾沫横飞，侃侃而谈的样子依旧保留着几分中学舞台上的意气风发，只是眉目间的英气逼人却似乎被岁月生活磨得差不多了。

挂了电话，我们聊天，提到闹离婚的王宝强，他却有些落寞，悔恨自己当年没有王宝强那样的坚忍不拔。当然了，几万名群演里最终也只出了一个王宝强，可一步步走得小心翼翼地人生，其实也并没有好到哪里去，不如当初放手一搏。

其实很多时候，我们遗憾的并不是现状有多差，而是当初亲手放弃可以选择的另一种人生。

3. 想做的事情就拼尽全力去做

还有另一个相反的例子，是我的丈夫高先生。

高先生师范出身，家里有好几个叔叔阿姨堂哥表姐从教。他的父母为他设想过得精彩人生便是毕业后进入某所公立学校，三尺讲台书香萦绕，有稳定的薪水、有充裕的假期，然后娶妻生子安然一世，简直不能更完美。

然而大学那几年，他无意中接触到视频制作，眼前忽然打开了一片新大陆。于是，他义无反顾地走上了另一条路。进电视台是没有编制的，而且活多钱少，在无权无势的条件下，不知道要苦熬多少年才能出头。

当时，家里所有人都十分不理解。媒体、影视这些词对他们来说遥远而陌生，充满了未知的不确定，不确定便意味着风险，意味着一个普通家庭最难以承受的"一步错，步步错"。

然而劝说无效，高先生走出校园便一头扎进了电视台，从一个小小的助理，开始了一步步的打拼。

我认识他的时候，他有个外号叫"高手"，因为这时的他在视频剪辑上已经达到了出神入化的境界，在我们那个小城市里也算排得上名次了。

他在电视台待了两年，从摄影助理做到了能独立策划制作电视栏目的编导。媒体的活儿有多累我是知道的，非科班出身的他吃了多少苦才熟练掌握这些技能，可想而知。然而在电视台做得风生水起时，他却忽然辞职投身广告行业，自己开了一家小公司，一切从头开始。这一次，反对的声音明显小了许多。家人或许已经明白，他们眼里走错了的崎岖小路，只要足够努力，也是可以走成阳关大道的。

现在他的公司已经步入正轨，而立之年，也算是实现了自己的目标与追求。后来我问起，他只是说：

"想做的事情我总是马上去做，拼尽全力去做。反正我还年轻，即使错了，也有机会从头来过。"

4. 你是否有勇气"犯错"

我们从小都被教育不能犯错，小到作业本上的一个字，大到成年后的职业与配偶选择。

有些错当然不能犯，比如违法乱纪、杀人放火，但若是走到选择的岔路口，内心的声音与世俗标准相违背，往左是大家都认为的对，往右则是羊肠小道。

对的路，上面已经留下了深深浅浅的脚印，你只要踏上去就能安然走到头，而羊肠小道，则需要你自己去披荆斩棘杀出一条路来。会很辛苦，但也会有不一样的风景，不一样的归途。

你是否有勇气"犯错"一次？

花钱见潜力

1. 看他怎样花钱

一个妹子问我，怎样判断追她的男孩是否有潜力，我答，你就看他怎样花钱。

在智商、情商与能力之外，还有一个叫作财商的东西，决定着我们的未来贫富。

一个会花钱的人，运气真的不会太差。

初出茅庐的年轻人收入不多，怎样支配手中的有限资源，正反映着他的为人处世之道，也关系着他的前途命运。

毕业实习那年，同办公室的小李哥曾让我见识过会花钱的男生长啥样。

那时他毕业三年，单身，月薪5000不到，住着单位提供的宿舍。

见我每天在宿舍外的小店吃一碗米线对付晚餐，小李哥便热情地邀我共进晚餐。他带我去菜市场，买了新鲜牛肉和青菜，回家做了一菜一汤，香气扑鼻，吃得我心满意足。

小李哥随口说着："我喜欢自己做饭，卫生也营养，人嘛，最不能亏待的就是身体。"他擦完桌子洗好碗，抱歉地对我一笑："我要上课，可能暂时陪不了你了。"

"上课？"我瞪大了双眼，"你不是已经毕业了吗？"他回答："我在学老挝语，公司有那边的业务，也许派得上用场。"

我们是一家建筑集团，市场已拓展到东南亚。我若有所思，再打量一下这间小小的居室，才发现沙发上、小几上都摆满了厚厚的专业书。

难怪他总是衣着简朴，原来钱都花到这些地方了。

我大着胆子提出自己的疑问，他哈哈大笑："钱当然要存一点，不过**趁着年轻花钱学东西很值得，这才是把钱花在刀刃上，效益最大化！**"

那时我还不知道，这就叫自我投资。

2. 要明白钱的价值，也要好好利用

小时候，一年中最开心的日子当数过年，因为那几张花花绿绿的压岁钱，会让我们一夜之间成为"有钱人"。

我们家不没收压岁钱，正好平日相见不多的兄弟姐妹都聚在一起，便由着我们去闹，买零食炮仗甚至打牌赌钱都可以，图个开心热闹。

小孩子，对糖果和玩具总是缺乏抵抗力，我们都拿钱换了开心快乐，只有一位姐姐除外。她紧紧捂着自己的口袋，偶尔会蹭点吃喝，但绝不轻易花钱。问及原因，她总是一脸害羞："想把钱攒下来。"

其实钱不多，三两百已算巨款，再怎么攒也不可能暴富，但她的俭省克己在亲戚中传为美谈。妈妈偶尔要求我向她学习，爸爸却不太赞同："钱就是用来花的！不会花钱的人怎么挣钱？"

现在回忆起，才明白她的做法情有可原。家境贫寒的她，自幼被穷养，逢年过节才得到一笔格外丰厚的零花钱。所以珍惜得紧，也节省得很。

可这种节俭，和小李哥明显不一样。从小被灌输着钱是省出来的，**把钱看得太重，反而容易被钱所累。**

小时候舍不得买一颗糖果犒劳自己，长大了自然舍不得买一件好衣裳、一件护肤品，青春在灰头土脸里随意过了。没念完初中，就着急着打工挣钱。然后在18岁时被一个生日蛋糕俘虏，匆忙嫁作人妇。

前几天我在亲戚婚宴上见到她，30岁刚出头的女人，却一脸饱经沧桑的模样，皮肤粗黑憔悴、衣着随意简单。一问才知，洗面奶面膜都不用，衣服也是夜市随便淘来的。她对我的建议嗤之以鼻："花那些钱干什么？"

其实她的经济状况已经有改善，丈夫有把好手艺，又能吃苦耐劳，家里建起了乡村小别墅，装修得富丽堂皇，家居摆设却随随便便，整个格格不入。

据说丈夫没少为她的剩饭剩菜吵架，对她的日渐衰老、没趣味也越来越嫌弃。

她太明白钱的价值，却不知道把钱好好利用。进可投资生财，退能安家定人心的财物，只有花出去，其价值才得以体现。

钱是个好东西，可不用就是个死物，一堆废纸而已。

3. 最会花钱的姑娘

我见过的，最会花钱的姑娘，非霞姐莫属。

前些年我们都很穷，刚刚走出校门，租房吃饭都得花钱，钱包经常比脸还干净。可又止不住一颗爱美的心，所以我几乎天天都在逛淘宝，几十元一件的衣服买了一大堆。

可每当我倾情推荐人气店铺时，霞姐总是一笑而过，她的衣柜里，衣服少得可怜，但每一件都是精品，穿出去有款有型。是的，她很节约，从不乱买东西，但真正的必需品，花起钱又从不手软，比如一件大衣，一支口红。

在她的消费理念里，值得花钱的东西只有一样，那就是能将自己变好的一切。

做工精致的服饰耐穿耐看，买！

新鲜营养的进口水果，买！

塑造身形的瑜伽课程，买！

粗制滥造的淘宝爆款，不要！

麻辣美味的路边摊，不吃！

打麻将消磨时光，不来！

一个人的消费理念里，隐藏着她的性格密码和人生走向。霞姐这样的姑娘，秉承的观点向来都是爱自己和宁缺毋滥，生活自然也精致简约、严以律己。拥有这些品质的人，一生真的不会差到哪里去。

事实也如此，后来霞姐升职加薪，据说是因为每天早到办公室15分钟而被上司赏识。我问她怎么做到的，她发过来一段文字："我租了公司附近的房子，虽然贵了许多，但可以从容吃早餐，步行上班，很划算呀！"

我回复了一个大拇指，所谓的把钱用在刀刃上，说的正是财尽其用吧。让每一个钢镚儿都到它该去的地方去，才不辜负金钱，也不辜负自己。

4. 会花钱是一种能力

会花钱是一种能力，因为金钱归根到底是一种资源，强大的资源调控能力，足以将生活安排得井井有条。

这就是潜力的根本所在。

看过一篇文章，授人以渔和授人以鱼，世俗里的观念认为渔胜于鱼，可有人却认为可以把鱼卖掉，换来钱财去做自己更擅长的营生。

思维的转换，反映的就是财商的高低。羞于谈钱的我们常常忽略了财商，可它，确实是和智商、情商同等重要的存在。

那么衡量财商的最简单方法，就是看他怎么花钱了。

大手大脚、穷奢极欲是欲壑难填，锱铢必较、一毛不拔是为财所困。这两种人，生活都被钱财牵引着，不知不觉便活成了金钱的奴隶。

《穷爸爸富爸爸》里面提倡活成金钱的主人，认为穷人为钱而工作，富人让钱为他们工作。

换言之，学会花钱，让钱助你一臂之力，才是成为富人走上人生巅峰的第一步。

什么都得不到？
因为你什么都想要

1. 努力也要有一个准确的方向

我曾认识一位Y学妹，是学院里的超积极分子。

军训一结束，Y学妹便以迅雷不及掩耳之势结识了学生会的学长学姐，热心积极地为迎新晚会献计献策，由此进入学生会。

又过了几天，社团招新拉开了"百团大战"，Y学妹又豪气万丈地加入了文学社、英语协会和瑜伽协会。

想不到国庆假期结束后，在学校的广播站和电视台的招新现场，我们又看到了Y学妹跃跃欲试的身影。一番笔试面试后，她如愿成为了电视台新人。

后来的一整年，Y学妹的身影活跃在校园各个角落。她马不停蹄地奔赴着一场场活动，从一个会场焦虑地去到另一个会场，忙得脚不沾地，甚至还缺席了几堂专业课。

班长问起来，她却是一脸的义正词严："我有好多事儿呢！"

作为同院系学姐，我有点不解："小Y呀，你做这么多，有没有想过大学规划呢？"

"有啊！"她的声音里透出掩不住的兴奋和期待，"我想要做到学生会主席、想成为电视台主播，还想在文学社出一本书。对了，我要考研的，想去复旦读研究生！"

她接着一一解释给我听，我这么努力，是希望自己可以变得很优秀很优秀。可是看着一脸认真的她，我却有些无言以对。

努力没有错，但假如没有准确方向一通乱撞，耗费的是大量精力，收获的却微乎其微。可小Y不听劝，她依旧一路狂奔在自己认为的康庄大道上。

到了大三，有人担任了电视台主播，有人已经靠稿费赚够了学费，有人的考研资料已准备完毕。只有四处晃悠着的小Y，啥都没当上，功课挂了好几门，看上去茫然失措，全然不知哪里出了错。

其实小Y很聪明，也足够吃苦耐劳，只是她的时间和精力被分割为了零零散散的无数块，难以集中到特定领域来全力突破。

那些什么都想要的人，最后往往啥也得不到。因为成功青睐的，总是努力而又专一的人。毕竟凡胎肉体的我们精力有限，你付出多少，回报就有多少。

2. 人生的断舍离是为了核心竞争力

某天看到朋友阿和发了一条朋友圈：

我这是在闹什么？加了30多个群，却又哪一个都没认真看。

这30多个群，有中医群、珍珠销售群、写作群、读书群、养生群，消息响得此起彼伏时，阿和觉得生活好像也被割裂成好几块，站在中心的他不知该如何追逐。

通常是他想要潜心研读《本草纲目》时，有客户询问珍珠价格。他认真充当着销售员时，读书群里又玩起了成语接龙。游戏刚到了兴头上，写作群的打卡时间又到了……

一天下来，阿和总感觉自己好像做了许多事儿，结果却是啥也没干成。他学中医出身，目前大病初愈，中间丢失了的一两年，想要尽快弥补回来。放眼看看，适合自己的事情不算少，他可以继续老本行，也能利用家乡的珍珠养殖赚钱，他还喜好舞文弄墨，是一枚资深文艺青年。

通常都是这样，当我们面前的路有无数条，且每一条都看似阳关大道时，我们总会不由自主地每条都踏上去试一试，总怕自己无意间错失良机，四面撒网却不知道重点捞鱼，大肆求广而忽视了求精。

这样的你，与其说是贪婪，倒不如说是迷茫。什么都想要，什么都渴望试一试的年轻人，往往还不知道自己需要的是什么。

今天的"国民女神"老干妈，创业之初卖的是凉粉米线，一个小摊子，仅够失去丈夫的她勉强养活儿女。

老干妈倾尽全力做着这份微小的事业，却在无意中发现几乎整条街的凉粉店都在使用她制作的辣酱。发现商机的她毅然舍弃凉粉摊，转而一心一意炒制辣酱。然后，就有了风靡全球的老干妈系列产品。

还好，那个时候的她只想一心一意做辣酱，没奢求过成为餐饮界的全能女王。

也正因为如此，她才能把所有的心思都倾注在辣酱的口感上，抓住产品的核心卖点，才抓住了消费者的心。

不管个人还是企业，核心竞争力永远都是发展的根本。**人生需要的断舍离，其实就是不断发掘并塑造自身的核心竞争力啊。**

3. 选择一样你最想要的

我刚刚开始写作时，也曾心比天高，觉得自己是天才，什么文体都能够写好。

当时我报了一个写作培训班，各式各样的老师轮番讲课，问题从小说到散文、杂文、剧本甚至段子，应有尽有。

每次听课我都免不了热血沸腾，手机屏幕上的字都活过来一般，这让我觉得只有下狠功夫，有朝一日我也能像大咖一样，一动笔就洋洋洒洒，什么都写得炉火纯青，大把大把赚稿费，实现财务自由，走上人生巅峰。

可是起早贪黑写稿投稿都石沉大海，我沮丧至极，一边哀叹自怜，一边继续拼命写稿投稿，如此恶性循环，自己却全然不知。

直到某一天，写一篇纪实大稿时，我发现自己绞尽脑汁，也无法将这个故事讲好。但在转换思路写情感小说时，却行云流水，情节张弛有度，文字隽永清丽。

朋友读过后评论："你好像天生就适合写这个。"平淡一言，我却忽然间恍然大悟。同样是将方块字组合在一起，但谋篇布局不同，考验的就是写作者的悟性与天赋。

比如莫言写不了抒情诗歌；

比如席慕蓉无法写好长篇小说；

比如金庸写不了流行歌词；

即使功成名就的文学大师，也驾驭不了所有文体。更何况我一个小小菜鸟呢？

理想太多就容易变成欲望，深陷其中深受其苦，你还以为自己不够努力，殊不知开头便错了。

口渴的时候希望喝尽弱水三千，其实需要的不过一瓢饮。选择一样你最想要的，便埋头苦干吧，但行好事，莫问前程。

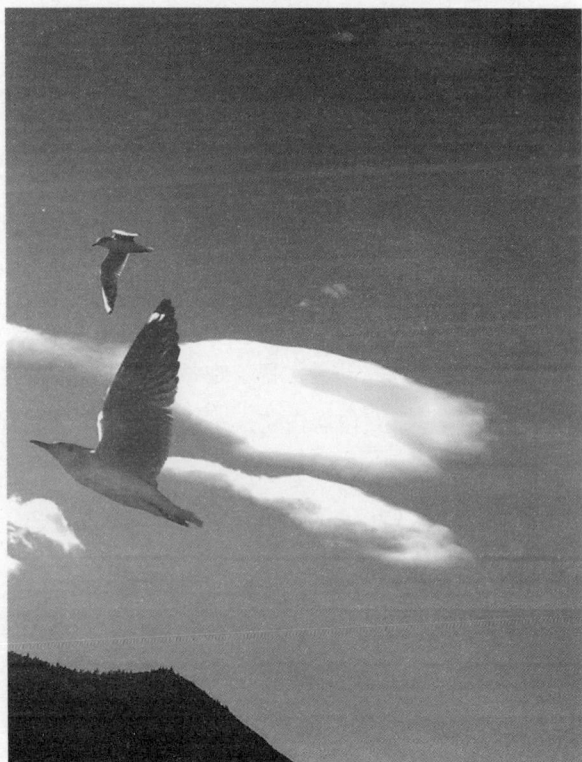

你唯一该比的，
只有昨天的自己

1. 减肥的参照物

三五个月没见，小胖明显瘦了，脸小了一圈，五官渐渐有了立体感，牛仔裤也能上身了。虽然依旧是人群里的大块头，但减肥大业毕竟是初见成效了。

小胖从小就胖，因此外号代替了姓名，顶着一个胖字走过了青春期。那几年她总喜欢自怨自艾，一边羡慕着苗条的女同学，一边拼命嚼薯片。

胖了几乎一整个人生，小胖对减肥完全提不起兴趣，她说："我再减也瘦不过你们啊！没意思，不减了。"

于是小胖胖着上完了大学，在一生最好的年华里穿着加大号的卫衣运动裤，素面朝天，心里挖一座坟，葬着梦想和未亡人。

其实她的五官很精致，但都挤在了肥肉里，连同着飞扬青春，一同沉默在胖字的阴影里。

那种深刻的自卑，将她钉在无法变美的十字架上许多年。而自卑的根源，便是觉得自己不如别人。

忽然她开窍决定减肥却是因为某天忽然听到的一句话："**为什么一定要和别人比？要比就比比昨天的自己啊！**"

她强行戒了一天零食，第二天空腹称重时发现自己瘦了0.05千克。她皱了皱眉，但转念一想，的确比昨天瘦了，虽然很少。

她又忍耐了一天，没吃零食也没吃肉。第三天，秤上的数字掉了0.1千克。欣喜若狂的小胖受到了激励，当机立断办了健身卡。从此后，早起称重成了每日必修课，那些0.05、0.1构成了生活里的阳光雨露，她找回了丢失多年的自信。

比昨天瘦一点，比昨天好一点，一点一滴地积累下去，量变总有一天产生质变。脱胎换骨的自己，才是我们的目的。

2. 那些一辈子都不快乐的人

和别人比，差距经常让我们失落。

和自己比，差距却总能催人奋进。

可世人长一双眼睛，看到的多是别人的光鲜亮丽，比较的，也总是自己和他人。

这种人，一辈子都不太快乐，邻居家的大姐就是其中一个。

我们搬过来那天，开着门整理东西时，她施施然走了进来。打一声招呼，就开始各个房间溜达，查看我们的家具和电器，尖厉的声音此起彼伏地响起。

哎呀，你们这台冰箱款式有点老了，我们家那个是新款，电脑控温的，小一万呢！

哎呀，你们这张床不是实木的，睡起来肯定没我们家那个舒服！

哎呀，你们的灶台怎么装成这样啊？我们家那个请了专门的设计师来做，又漂亮又好用！

她滔滔不绝，将自家与我们家进行了360度全方位对比，并从中获得了极大的满足感。我盯着她那上下开合的嘴巴，心里不是不计较的。

时间久了，慢慢也听小区里的大妈们议论邻居这位大姐，才知道她其实是一个全职主妇，一家三口依靠着丈夫做点小生意生活。闲来无事时，她最爱的便是东家西家地议论，以己之长，度人之短。

可她自己十几年如一日，柴米油盐里泡着，并不见一点点改变。和别人讨论起工资收入时，声音总是瞬间低了下去，然后迅速转移开话题。

这样的女人，其实还蛮多。**她们的眼睛，盯着别人家的车子、房子和老公，有时觉得自己事事不如人，有时又觉得自己足以傲视群芳。**

情绪都由别人的好坏来牵引着，反而忽略了生活变好的根本，忘了所有的幸福和满足本该由自己一手创造。

3. 将标杆换成了从前的自己

有一段时间，我的成绩不太好。

高一时，数学加进了数列，我在课堂上听得云里雾里。还没消化完，历史、生物、政治各种学科又接踵而至，应接不暇的知识点，脑子忽然有点应付不过来。

也许你也还记得十五六岁时的学习，科目猛然增多，作业数量大幅度增加，学习难度空前地大。

所以期末考试时，我的名次排到了100名以后，被只考了70多分的数学严重拖了后腿。

放假回家，我闷闷不乐，乡下请不了家教，我找不到方法来解决这个问题。爸爸让我自学，他说，基本点你是知道的，那就慢慢攻破，一天弄明白一道题就可以，有进步就好。

我有些无语，但也只能照做。至今仍记得第一夜研究的是等差数列，一道题，反反复复做了七八遍，对照着答案又思考了三四遍。用了几乎三小时，才彻彻底底弄懂了一道题。

熄灯睡觉时，早已万籁俱寂，我爬上床后心里竟生出许多欢喜。只觉得这一天没有白过，我学会了等差数列的解法，比昨天的自己厉害多啦。

就这样，我用了一个寒假，摸透了数列的所有解法。

之前我很自卑，有时候甚至怀疑自己的智商。因为身边总有一些智商超群的同学，将你的迟钝衬托得淋漓尽致，很伤自尊，也很打击积极性。

从那以后，我不再与别人做比，而是将标杆换成了从前的自己。退步了，找原因！进步了，奖赏自己！到了文理分科时，我的成绩已经上升到了年级前十。

4. 初衷只是希望自己变得更好

世上有种可怕的东西，叫作嫉妒，而嫉妒，通常就产生于和别人的对比中。

差距是在对比中凸现的，嫉妒也是在对比中产生的。我们需要一个参照物，来发现自身的不足。而**对比的最终目的，本也是希望自己变得更好。**

只是我们把眼光放在别人身上时，就常常忘记了初衷。也许是因为人心难免被欲望与虚荣驱使，他人的长处与优势，在激发出你的斗志之时，同时也释放出了你内心的那只小魔鬼。

仇富心态、酸葡萄心理、难以跨越的阶层，问题层出不穷，而你不开心的根源，也许是要跟王健林去比一亿的小目标，也许是要跟范冰冰比美貌……

你做不到的，这只会造成你焦虑不安，自卑压抑，甚至自暴自弃。

不如跟昨天的自己比吧，明天要多读一本书，多锻炼一小时，多赚一块钱。你做得到每一个小目标，才有可能实现大目标。

我不是教你学会自我安慰，我是告诉你，在往左右看时，也请多回顾身后与面前。因为，**横向的比较是暂时的、静止的，只有纵向的比较才是长远的、前进的。**

第二章

走出低谷，你就多收获一份坚强

历经低谷，

你是多了一份财富

怎样度过
一生最艰难的时光

你一定也有过那样的时候，仓皇跌入人生最低谷，被绝望吞噬，被黑暗包围，忽然之间看不到任何方向。

家庭变故、贫穷、失恋、事业滑铁卢、牢狱之灾，任何一样都能把你推向绝望深渊。人很脆弱，但也很坚强，脆弱时可以为一片树叶流泪，坚强起来，却不惧泰山压顶。

假如真的不幸走到黑暗里，愿你不焦躁、不心急，缓缓地、稳稳地，一步步走出困境。

老天故意让你多绕了几个圈，走那么些蜿蜒曲折的路，也许是另有安排。

1. 厄运来得早，也并非一件彻底的坏事

胡歌出过一次车祸，在2006年。对他来说，堪称致命一击。

那时他还是当红的小鲜肉，凭着李逍遥一角人气暴涨，炙手可热，前途不可限量。

可谁也没想到，祸事忽然降临，胡歌与女助手张冕乘坐的现

代旅行车与一辆厢式货车发生追尾碰撞，助手抢救无效身亡，胡歌右眼重伤，容颜尽毁。

对一个当红小生来说，这无疑是灭顶之灾，因为作为一个年轻偶像，一张俊脸、一副好皮囊，是他的立身之本，是几乎所有荣耀的来源。

他已做好失明和毁容的心理准备，想不到上帝还是在黑暗里透出一丝光。治疗很艰辛，脸部颈部缝了100多针，经过4次巨大的修复手术，总算保住了右眼，只是那个盛世美颜的翩翩少年再也回不来了。

所以，他的悲痛里还带了一丝丝庆幸，在漫长的自我治愈里，懂得借助外力，将那一丝庆幸变为感恩。对一帆风顺的年轻人来说，厄运来得早，也并非一件彻底的坏事。

至少对身处浮华娱乐圈里的胡歌来说，**他开始了思考和沉淀，开始学着用思想来填充破碎的皮囊。**

他依着黄磊开出的书单，读了许多书，听着《百家讲坛》做笔记，临风窗下背诵"天将降大任于斯人也，必先苦其心志……"

压力一点一点被排解，他复出后出了专辑拍了片，甚至写了一本书，叫作《幸福的拾荒者》。

重生也好，涅槃也罢，万丈深渊踏过，对世间的酸甜苦辣自然才更游刃有余。对演员这样一个需要领悟和历练的职业来说，尤为重要。

因此那一个梅长苏，在10年后终于取代李逍遥，成为了胡歌的另一个符号。

2. 越是艰难的时候，越要好好照顾自己

初中政治课上，老师喜欢提刘晓庆，把她作为遵纪守法教育

的反面教材。

那时刘晓庆还在监狱里待着，从名演员、女富豪到阶下囚，几乎沦为全国人民的笑柄。对一个心高气傲的女人来说，最大的惩罚莫过于此。

但是自称"昆仑山上一根草"的刘晓庆，出狱后竟还清巨额债务再嫁豪门，活得比那些顺风顺水的人更漂亮。如果说长得漂亮是优势，那活得漂亮，就是她一生最大的本事。

怎样度过一生最艰难的时光？她的牢狱生涯或许能带给我们一点启发。

当年案发后，刘晓庆几乎一夜白头。多年积累的名气与财气即将毁于一旦，且身陷囹圄，个中滋味不足为外人道。

出人意料的是她在两天后想通了，开出长长的书单，托律师带进来给她。从此读书写作、在窄小的监室里跑步、坚持洗冷水澡，保护着身体，也丰富着灵魂。

所以出狱后她能有强健的身体和力量去重新开始，不惧怕从头再来的人生。

知道了这些故事后，我便爱上了这个永不会被打败的女人。她告诉我们一个真理，**越是艰难的时候，越要好好照顾自己，自暴自弃不是办法，自尊自爱才有机会走出困境。**

而这一点，恰恰是我们忽略的。

少年时我见过失恋的女同学，躺在床铺上哀哀切切哭上三两天，课不上了，饭也不吃了，伤口于是缠缠绵绵，多少年都好不了。

只有刘晓庆那样的成熟热辣女子，红尘里翻过几个滚，才有本事将困境当成寻常日子来过，该吃喝就吃喝，该读书就读书。反正大雨已经下了，不如就着倾盆大雨，洗去一身尘垢和疲倦。

3. 上帝觉得你太累，要给你放一个长假

记得我病重躺在医院里时，一个朋友来看我。

她伏在我的床前，轻声跟我说："**上帝觉得你太累，要给你放一个长假呢。** 很长，大概有两三年吧，你的任务就是好好休息，养精蓄锐。"

在此之前我听过许多安慰，千篇一律的都是"你一定会好起来"，听起来很空洞很单调，所以不真实。只有这一句，莫名其妙地治愈了我。

那两年真的难，黑暗、绝望一齐袭来，找不到肾源，凑不齐手术费，很多次命悬一线。

没办法，我干脆就松弛下来，看看书、写写字，懒了就躺在阳台上晒太阳，脑袋空洞洞的——和我过去的20多年都不一样。

过去忙着读书，日子一直像绷紧的弦。一场大病，倒让我清闲下来，看到春花秋月，也感触到了夏天的凉风和冬日的雪，看了许多闲书，也睡了许多懒觉，甚至打游戏、串珠子，做了许多闲事。真正的不问前程，但行乐事。

后来想起来，才找到一个准确的形容词，**"蛰伏"。不动声色，默默积蓄能量，或许这才是和绝境对抗的唯一方法。**

4. 感谢从苦难中涅槃重生的你

电影《桃姐》有句话说："人生最甜蜜的欢乐，都是忧伤的果实。人生最纯美的东西，都是从苦难中得来的。"

小时候学写作文，常常看到一句话："感谢苦难让我成长！"

就连歌里都唱着："阳光总在风雨后……"

可我要告诉你，这些都不是真的，因为真正值得感谢的，从来都不是苦难，而是从苦难中涅槃重生的你。

道理无非短短十个字：熬得住，出众；熬不住，出局！

你要走过炼狱一般的低谷绝境，如同雕像接受一刀刀的凌迟，如同瓷器在烈火里淬炼重塑，也如同一朵鲜花饱经了风吹雨打方可结成果实。世间所有的绝处逢生，都不是惊喜忽然从天而降。

怎样熬过去呢？这里有三个方法，或许可以助你走过一生最艰难的时光：

一、学会排解压力。

一定要给自己找点事儿做，因为闲是一切问题的根源，忙是治疗一切神经病的良药。读书、钓鱼甚至打扑克都好，它们在消磨光阴的同时，也可以在某种程度上，消磨掉内心的压抑。

二、不可自暴自弃。

我们悲伤失落的时候，被悲伤淹没得一败涂地，常常无暇顾及自身，吃不好睡不好，反而落下病根。伤了心，还伤了胃，太不划算了。

三、将困境视为修整。

什么也做不了，那就什么都不做。给自己放一个大假，告诉自己，暂时的修整是为了更好地出发。人生，需要偶尔的虚度光阴。

度过最艰难的时光，涅槃重生，就是熬过生命里最寒冷的冬天，在春光明媚时迎来更好的自己。

得绝症是种怎样的体验

1. 能捧着水杯想喝就喝，就是幸福

当你喝水时，应该不会意识到，**能捧着水杯想喝就喝，其实也是一种莫大的幸福。**

2012年7月到2014年10月，我得了一种不能喝水的病，其间我喝下去的每一口水，都可能成为索命的鬼。

尿毒症，也称肾功能衰竭，得了这种病，意味着你的排水与排毒器官完全丧失了其原有的作用，于是你不能喝水，不能随便吃东西，因为它们在体内转化成的毒素无法排出，可能会在瞬间"闷"死你。

得了这种病，保命手段只有两个——透析或是肾移植。透析是在身体的大血管上开两个口，让透析机与其相接，一个接动脉，一个接静脉。体内的血液通过端口流出，进入透析机过滤，再缓缓流回身体。

透析，每周至少两次，每次四小时。从身体里流出的血液鲜红而温热，透析室里弥漫着的却是冷冰冰的白，那种强烈的对比色，就像从高处忽然跌落到谷底的人生。开始的时候，我根本接

受不了这个事实。

22岁，刚刚大学毕业，所有人都以为你正要展翅飞翔时，却被一只叫作命运的、根本看不见的手，生生折断了翅膀，甚至命在旦夕。

我以为我等不到23岁生日了，甚至想到，死在这般一个如花似玉的年纪里，未尝没有一种古典诗篇式的凄美动人。

但是，现在，我26岁了，我还活着，不仅结婚了，而且婚姻幸福。

2. 生命里只剩下两种感觉：渴和疼

等待肾源的那两年，我的生命里似乎只剩下了两种感觉：渴和疼。

总是想喝水，发疯一样地想喝水、牛奶、咖啡、茶……这其中的任何一种液体都是大受欢迎的，它们滑过喉管抵达肠胃所带来的那份舒适与甘甜，成了那600多个日日夜夜里最让我沉迷而执着的感觉。

再来便是疼，身上的伤口似乎也牵扯上了那颗脆弱的心，加上各种各样的头疼、胃疼、脚疼，我总是整夜整夜无法入睡，坐在床上等待黎明，等待下一次透析，等待上天能早日给我一个结果。

我每天都会做梦，但梦见的全都是过去。于是我在夜深人静时看着曾经的自己，靠着睡眠躲进回忆里寻求片刻的解脱。

可能是因为潜意识里觉得自己没有未来了，所以才如此痴迷过去。

有时候也翻来覆去地思考自己为什么会得病，回忆以前的种种细节，懊悔、悲痛却又无力回天。

就在日复一日的煎熬里，我发现我的价值观发生了彻彻底底的改变，曾经想要的所有功名利禄都化为了平安健康。

未曾深夜痛哭不足以谈人生，未曾在地狱仰望人间，便无法领悟到寻常日子里，一花一叶的美丽，一粥一饭的清香。

许多人都是这样的，**总是等到被命运推到了生死关头，才会真正想明白对自己最重要的东西是什么。**你可能还不会相信，人生最美好的东西便是健康活着。而所谓的好日子，不过吃好睡好。

3. 重生——轮回转世的快乐与伤感

后来，我等到肾源，做了移植手术。

术后，当我在ICU里睁开眼睛时，我有一瞬间的茫然。右手手臂扎着输液的针，各种测量仪器和管子将我的身体固定在窄窄的小床上。护士们来回走动的脚步声细细碎碎，用了一分钟，我才渐渐明白发生了什么。

记忆是在手术室里忽然中断的，麻醉师一边给我戴上面罩，一边询问着我的姓名和年龄，我轻声答了一句"是"后，便失去所有知觉……

再睁开眼睛，仿佛就是下一世开始了。

移植手术，许多人称之为"重生"，由一个陌生人的死亡开启了另一个人的新生，无形中带有一种类似轮回转世的快乐与伤感。

当期待已久的愿望真的实现时，我的欢喜中却带着一丝丝茫然，好像一切都不太真实。可无论如何，上天总算又给了我一次重新来过的机会。

接下来，我在医院住了将近两个月，那是记忆里最舒心的一段住院日子，因为时光的那头意味着康复，意味着我能回到正常的人生轨道。而最普通的"正常"二字，却是我曾经的求之不得。

器官移植科在23楼，透过走廊上高大的落地窗，夜晚时，可以清晰地看见大半个汉口的万家灯火。隔着透明的玻璃，那个五光十色的繁华世界好似另一个世界的倒影。

幸运的是半年后，我能够再次回到那个世界去。

4. 病人与正常人之间的平衡点

重新打开招聘网站时，当年填写过的简历还安静守在那里。网站提示上次登录时间为2012年3月，三年时间，弹指而过。

和社会脱节太久，面对这个熙熙攘攘的世界，我心中却多了一份莫名的怯意，初离校门时的意气风发早已全无影踪，也不知如何才能找回。

我总是下意识地将自己和周围许多人划开，觉得与普通人相比，做过肾移植的自己是异类，唯恐会被看不起。

尽管如此，我还是鼓足勇气，独自去到一家文化传播公司面试。

出乎意料的是我被录用了，很顺利，我就成为了他们的责任编辑。

后来的5个多月里，我重新开始了三年前曾有过的朝九晚五的生活。工作并不太难，因为身体的原因，老板和同事们都很照顾我，让我在大病初愈之际顺利从病人过渡为职场人，也开启了我再次融入社会的历程。

在这个过程中，最难的，大概是在病人与正常人之间寻找一个最佳平衡点。因为我并不算痊愈，手术的成功并不意味着绝对安全。

有一把大刀，依旧时刻悬挂在我的头顶，我必须每个月去医院检查，为一个指标的小波动而心惊胆战。每天，我还必须吞下十几颗各式各样的药片，任何一场普通的感冒、咳嗽、腹泻，更随时有可能把我重新拉向鬼门关。

手术后和我住在同一个病房的湖南女孩，和我同岁，术后恢复良好，出院时一切正常。可仅仅一个月后，就传来了她的死讯。她的母亲在医院里捶胸顿足、号啕大哭，倾家荡产来拯救的独生女，却在手术成功后又因感染一命呜呼……

那一幕实在太过凄惨，至今想起我仍心有余悸，而这一切造成的最直接后果便是我近乎神经质的敏感，身体暂时无恙，心魔却始终未曾离去。

5. 脆弱与坚强的并存

2015年，当励志喜剧电影《滚蛋吧，肿瘤君》上映时，我不仅完全不敢去看，还把自己关在房间里哭了一整个下午。

别人看的是故事，可我看见的却是自己的影子。

夜里，我窝在高先生怀中号啕大哭过后，又絮絮叨叨地对他讲述起了第一次透析时的恐惧，缝针时皮肉被刺破的痛苦，病中的枯槁形容……更多的，是对未来的恐惧。

有时候，我觉得现有的这种幸福和平静，只是上天暂时借给我的，而这些随着病魔的再次降临，随时都可能会化作泡影……

尤其是各种新闻报道里出现的、越来越多的尿毒症患者，每每看见这种画面或消息，我便会忍不住泪流满面，那种感同身受的痛苦，能够穿透心脏，直达最坚强也最脆弱的角落。

那种近乎神经质的敏感和惊恐，没病过的人，不会懂得。

那份对生命格外的珍爱与重视，也不会懂。

我想我的心病大概好不起来了，但我觉得自己早已同命运握手言和，哪怕至今还会梦见透析时的种种痛苦，也还会在夜半惊醒的瞬间对未来怀有深深的恐惧，可无论如何，最黑暗的夜已经过去。当太阳重新照耀大地，新的一天重新开始，我又会有新的力量去面对一切。

脆弱与坚强并存于一人身上，其实也不矛盾。

6. 最好的天堂，其实就是烟火人间

那些年，我总想离开家乡，小城里的寻常巷陌装不下我的梦想。

可是后来，我回来了，在经历了人生最大的苦难与悲痛后，我更能体味平常生活的幸福与快乐，也安心地在生我养我的地方开始了最平淡的生活。

在一家小公司做了小职员，每天买菜做饭、散步养花，后来遇到了温和稳重的男人，没有什么轰轰烈烈的爱情，就静悄悄过渡到了婚姻。

好像一生的兵荒马乱都集中在了那几年，而接下来的时间，便只剩了现世安稳、岁月静好。

现在，我对幸福的感知能力好像越来越敏锐，花开、月圆、风起，每一处风景都值得感动与感恩。潜意识里，我会觉得每一天都是赚来的，若是不能好好过，不就白白辜负了吗？

听过同龄人的各种抱怨，工作辛苦、房价太贵、压力太大……

人们有各种各样认为自己不幸福的理由，却不知道人人都过着的千篇一律的生活其实就是莫大的幸福。正如那句话所说：

"早上要起床，说明你还活着……"

有时，我也会想象，假如我的人生一直风平浪静，此时的我，应该还在都市里辗转跋涉着，为自己悲叹哀怜，总觉得人生不够圆满。

当然，那样其实也不错，但命运既然要给我这一切，让我绕一个大圈子来明白几十年后才可能明白的道理，一定要我提前懂得些什么，那我就接受它。

因为我曾在地狱仰望人间，所以我知道，最好的天堂，其实就是烟火人间。

尿毒症病房里的爱情故事

1. 一起住院的李阿姨和王大叔

2014年春天，我因肺感染住院时，隔壁床住了一位姓李的阿姨。

如果不是生了病，李阿姨和王大叔的日子应该很滋润。他们的女儿已经出嫁生子，女婿的仕途稳步攀升，临近退休的年纪，眼看着就是养花种草、含饴弄孙的逍遥快乐了。

可是忽然有一天，腿痛难忍的王大叔去医院一查，发现肌酐高达1200，接踵而来的就是住院、透析，不得已提前办了退休，李阿姨也请了长假照顾。

某天医生查房，来的是返聘回来的老主任。老主任进了病房，看到忙前忙后的李阿姨。他盯着她的眼睛看了半天，只留下一句话，等下你来一趟办公室。

办公室里等待李阿姨的是几张检查单，血常规、肝肾功能、生化检查，看上去像常规体检，可她拿起那几张纸片时，心里飘过了乌云。

山雨欲来风满楼。

做的是加急，一小时就出结果了，出乎意料的是，李阿姨的肌酐也临近1000。也就是说，夫妻俩同时得了尿毒症。

不知道他们当时是怎样的心情，也许他们也曾相爱时说过"但求同年同月同日死"吧，但肯定想不到会是以这样的方式去兑现。甘已经同了，苦也已共了，今生今世，也算得上情深似海了。

两个人一起住进了医院，分属男女不同病房，除了睡觉几乎时刻黏在一起了，仿佛回到了多年前的热恋时光。他们同时做瘘（透析通道，即在手臂血管将血管相连），两个人的左手都吊了起来，做事不方便。好在各自都还有一只手，拧毛巾也好，扭瓶盖也罢，两只手相互配合，便不觉得有多困难和痛苦了。

我们遭遇厄运，怕的也许不是吃苦受累，而是身边最亲近的人不理解。好在，他们境遇相同，彼此感同身受，有了婚姻做底色，理解为支撑。爱情，反而在风雨三十年后焕发出新生，成为匆忙余生里的一份温暖慰藉。

他们的脸上，的确很少见到普通病人的沮丧和失落，王大叔闯进女病房时，总是声音洪亮、中气十足。他给老婆送来一块饼，打来洗脚水，或是在傍晚时买一枝不太新鲜的玫瑰。李阿姨总是低头一笑，两张沧桑的脸上，满满写着的，都是爱情。

2. 当初我也该反对他们在一起的

那个男孩移植后肺感染，情况不太乐观。

我去水房打开水，正好遇到了他的母亲。也许是瞧着我和她的儿子年纪相仿，那位母亲主动问起了我的情况。听完后她长叹一声，说自己的儿子和我同龄，现在还前途未卜。

这样的压抑和失落，在这个楼层里，几乎每天都在发生。我的安慰廉价而无力，正要离开，只听见她低低叹一声："他媳妇还怀着孩子呢，以后可怎么办？"

我的脚步停了下来，心被故事牵扯着。爱上一个绝症少年，结婚怀孕，不知那是个怎样的女孩。

故事是男孩的母亲说给我听的，从校服到婚纱，从健康到疾病，大写加粗的不离不弃。

两个人是校园情侣，大三时男生发病休学，本打算断绝关系以免拖累姑娘，女孩却执意不肯放手，甚至东奔西走地为他筹款，最终凑足了手术费。

然后，父亲捐了肾，手术顺利完成。两人回了学校，安安稳稳毕了业，女孩的父母却坚决反对两个孩子的结合。

原因很简单，只有一个肾的年轻男孩，难以撑起家庭重担，而且朝不保夕。

可姑娘铁了心要嫁，不惜与父母闹翻，进入一个陌生的家庭，操持家务、赚钱养家。可就在临盆不到三个月时，一场突如其来的高烧又将男孩送进了抢救室……

母亲说到这里就停了，她嗫嚅着说："早知如此，当初我也该反对他们在一起的。"她擦了一把眼泪，轻轻一笑，便拎着暖壶出去了。

我的眼眶也有些湿润，除了默默祝福也别无他法。

但我相信，十几年甚至几十年之后，哪怕吃尽了苦头，姑娘也不会后悔年轻时的义无反顾。

因为爱，从来都不是一件能够清楚计算出成本、收入与亏损的事。

3. 有你在，不怕死，也不怕活着

在医院两次见到杨婆婆和江爷爷这对老夫妻，前后距离不到10天，第一次据说是因为杨婆婆感冒，结果刚出院回家没几天又腹泻，江爷爷二话不说，又带着老伴儿匆匆赶到了医院。

杨婆婆已经病了许多年，四十几岁时，肾病缠上了她，断断续续二十多年，病情恶化换了肾，中间几次感染排异，无数回死里逃生。

她靠在床上，平静地说给我听她的故事，只字不提老伴，但她不时看向他的眼神里，有浓浓的依赖和疼惜，那证明得了两个人之间的爱情。

有趣的是，病人杨婆婆身材发福，江爷爷却瘦成一道闪电。

也难怪，江爷爷忙着打水打饭，输完液便推着老婆下楼溜达。没事的时候，又想着给老婆做按摩。即使夜里睡着了，只要老婆一声咳嗽，他就马上惊醒起身查看。

这样的模范丈夫，真真羡煞人也。

可杨婆婆说，他们年轻时，也是吵吵闹闹过日子的。发病时自己怕拖累了丈夫，拟好了离婚协议书却被江爷爷一把撕碎。他红着眼睛，只说了一句"砸锅卖铁也要把你治好"，便陪着她四处颠沛流离，一脚踏进命运的凶多吉少里。

可日子过着过着，竟然也走到了白头。

"他原本有70多公斤呢，现在……"

说话间江爷爷已经端了洗脚水进来，口中说道："该泡脚了，对血脉畅通有好处。"

病房的灯已经熄了，他们的床边亮起小小的壁灯，昏黄的

温馨笼罩住了窃窃私语的两个人。不知怎的有句话浮上我心头，"有你在，不怕死，也不怕活着"。

这样的夫妻，大概一辈子都没说过"我爱你"，但爱情始终流淌在他们身边。他们的爱，看不见摸不着，但始终都在。

4. 别怕，我给你一颗肾就是了

被移植到她体内的那颗肾脏，来自于她的丈夫。

得知妻子患病时，丈夫只是握紧了她的手，轻声说一句："别怕，我给你一颗肾就是了。"

只住了我们两个人的病房静悄悄的，沉寂的夜色遮住了她的面容，我听见她的声音带了一丝哽咽。

她是一名中学教师，丈夫也是，年轻时两人同教一个班级，一来二去的，就擦出了爱情火花，结婚生子，都是水到渠成的自然而然。

病魔来得突然而迅猛，她在课堂上晕倒，醒来时仿佛下一世已在仓促间开始，所有的欢乐和幸福都被搁浅在前生了。那时她还不算老，唯一的女儿刚刚上初中，生死未卜的凄惶让她完完全全变了模样。

对于丈夫提出的捐肾，开始时她是极力反对的，深知自己已是拖累的她，无法说服自己接受这个男人的生命馈赠。可他铁了心，独自咨询了医生，意外得知夫妻捐献器官效果仅次于亲子捐献。他欣喜若狂，发动了认识的所有人来劝她。

对生命的尊重，对爱情的信仰，将这一个救妻的故事渲染得轰轰烈烈。可是进入手术室前，他只是握了握她的手，轻声说："我送过你玫瑰花、戒指，再送你一颗肾又有什么大不了？我的命都是你的啊！"

她泣不成声，躺上手术台前，心里想着的是，他的肾脏马上要来到她的体内，从此后你中有我，我中有你。一生一世，再不分离。

　　就如同多年前的那天，他掀开了她的头纱，在所有亲朋好友面前许下誓言，"不管是贫穷还是富有，不管是健康还是疾病，我都爱你、尊重你，直到死亡将我们分离。"

我家姑娘是最有福气的

1. 一定可以治好的

2012年4月，妈妈开始固定在每晚7点给我打电话，问我今天吃了什么、有没有哪里不舒服，都是家常琐碎的话语。可我一接起电话，就忍不住要流泪。

在此之前，我们的通话纪录不多，像中国大部分的乡村母女一样，我们深爱着对方却又羞于表达。

我能感知到的所有母爱，都深埋在一粥一饭和衣裳鞋袜的细碎柔情里。

可是2012年春天，所有一切都改变了。从确诊肾病综合征开始，妈妈开始每天都要联系到我，似乎只有听到我的声音，才可以确定我还活着。那时我还在学校准备毕业论文，她恨不得马上买了火车票过来陪我，可我总是说："没事，我撑得住，再说同学们都会照顾我。"她还不知道得这个病意味着什么，但母亲的本能让她开始慌乱。

两个月后，我顺利毕业。我从长沙返回，一路舟车劳顿，到家第三天，竟然开始上吐下泻、浑身浮肿，吃不下也睡不着，躺在床上奄奄一息。爸爸不在家，她背着我搭上一辆小面的，一路颠簸地到了镇上的医院。

抽血化验，结果是肌酐飙升至597，她捏着化验单发呆。医生说："赶紧去县里，有生命危险了，只有人民医院可以救。"我蜷缩在角落里发呆，这一天终究还是来了，但没想到来得会这么快。我看见妈妈擦了擦眼睛，转过身扶起我，她说："没事，一定可以治好的！"

这句话，在后来的日子里我听见她重复了无数遍。她找了好几位"大仙"给我算命，人家都说我是有福之人，她坚信不疑。

到了人民医院，我哭着要求放弃治疗。我害怕，害怕插管时刀子划破血管的疼痛，害怕下半辈子只能靠着透析机苟且偷生，更怕尿毒症三个字背后的绝望与挣扎。可是她执意在家属知情书上签了字，她说："你要活着！妈妈只要能看看你，再苦再难就都可以撑下去！"

脖子上的大血管被划开，一根管子被深深插进皮肉。一头连接静脉，一头连接动脉。透析时，血液从这一头流进机器，过滤沉淀之后，又从那一头流回身体。从那天起，我就必须依靠这台冷冰冰的机器来活命。

插完临时透析管，我痛得无法动弹，妈妈搀着我去卫生间擦洗身体。她蹲在地上，拿着花洒，小心翼翼地绕开我的脖子，耐心而细致。

"妈妈……"我摸着她的头发，低声说，"对不起，别人家的女儿已经工作赚钱了，可我还需要你来照顾。"她的手停顿了一会儿，忽然低下头不动，我看见豆大的眼泪一颗颗落到了地上。

那是她唯一一次在我面前痛哭，哭完后她继续给我洗澡，然后把我安顿在病床上，依旧告诉我："一定可以治好的！"

2. 妈妈可以捐给你

尿毒症患者只有两条路，透析或者换肾。

她独自去了医生办公室询问，回来时坐在床头一件件盘算："你爸爸是一家人的依靠，他不能捐。弟弟还没有成家，也不能捐。但是没关系，妈妈可以捐给你！"她含着笑注视我，伸手理了理我额头边的乱发，"等凑够钱，我们就去配型，早点做手术。"

可是钱从哪儿来，十几万的手术费对一对年近半百的农民夫妇来说，不啻一个天文数字。

更何况那时，我的医药费一点都不能报销，全部自费。

我的户口刚刚从大学所在地迁回，没来得及买医保，无法享受家乡的报销政策，所有治疗费用都只能自己承担。一次透析费用是550，每周两次，加上吃的药和检查，每个月的费用是6000左右。不到两个月，家里的存款便空空如也。

有人给妈妈出主意："你女儿是大学生，刚刚毕业就得这个病，可以上电视啊！"她匆匆跑回来病房告诉我这条活路，我冷冷看她一眼："你要是敢去，我就马上死在你面前！"

我的专业是新闻学，在报社和电视台都待过。看过太多冷暖人生，我无法在大众面前显示命运的悲惨，以此来获得可怜的生存筹码。可是再怎么隐瞒，大部分同学还是通过口口相传知道了我的病情，他们的爱心捐赠一点点汇聚过来，透析费用暂时有了着落。

可是明天该怎么办？我毫无方向，只是机械地辗转于家和医院之间。这个精彩的世界，看起来却到处都灰蒙蒙的。我能想到的只是混吃等死，活一天算一天。

3. 一定还有别的办法

第一年，我每次去透析都有妈妈陪着。

从我家到人民医院，有半小时车程。我们一大早就出门坐上开往县城的小巴，到了城里吃午饭，她给我买10块钱的快餐，自己吃5元的，只有两个素菜。

在我透析的那四个小时里，她拿着我的所有病历和各种证明材料跑了一个又一个地方，民政局、妇联、红十字会……目标只有一个，凑够肾移植手术的费用。我不知道她受了多少委屈、看了多少脸色，才把我们的求助信息一层层递了上去。

反正最后，县里的领导们都知道我了，甚至想起了多年前我曾在县文联杂志上发表过的文章。然后，各种救助政策都降临到了我身上。虽然这在十几万的手术费用面前只是杯水车薪，但有了保障，爸妈决定马上带我去配型。

那天，我和妈妈是坐火车去昆明的。12月，最冷的时候，妈妈用大衣紧紧裹着我，我的手冰凉，内心却翻腾得厉害。

之前妈妈已经查过血型，和我一样，都是O型。我知道血型相同的母女配型成功率可以高达90%，但我很恐慌。坐在火车上听着单调的铁轨撞击声，忽然难过得想哭。我害怕配型成功，怕妈妈真的要割一颗肾给我，那是我无法承受的生命之重。虽然，她是我的母亲。

我们在云大医院对面的小旅馆住下，40块一晚，夜里透风。所有的毛衣外套都盖在了身上，她搂着我沉默不语，只有窗外呼呼的风声一阵阵刮在心上。

在昆明待了四天，查了各种项目，医生得出的结论却是妈妈并不适合作为供体，因为她的肾功能已经不算太好，捐出一个肾脏对她来说将是致命的损伤。我暗暗松了一口气，她却黯然神伤，带着我回小旅馆收拾东西，但嘴里一直念叨着一定还有别的办法，一定可以治好。

4. 我再次捡回一条命

我的配型资料被寄到全国各地的同学手里，他们帮我在各大医院排队，等待那个几乎不太可能出现的希望。

爸爸忙着跑车赚钱，妈妈则找了一个在大棚里干活的工作，每天清晨5点就出门，晚上7点回家。草草扒几口饭，再顶着月光去给自家的田地拔草、施肥、浇水。父母开始夜以继日地挣钱以备不时之需，他们都以惊人的速度飞快瘦下去。

我不能多喝水，因为心衰常常睡不着，希望在日复一日的伤痛里磨光。我越来越黑，瘦得皮包骨头。贫血、高尿酸、心脏肿大，并发症接二连三地出现。大部分时候，我都病恹恹坐在阳台上发呆晒太阳，一天天的日子不过混吃等死。失去活着的信念，身体似乎也在逐渐失去支撑。到了2014年春天，我竟得了严重的肺感染。送到医院时，高烧40度，胸腔深度积液，整夜咳嗽无法入睡，昏昏沉沉。

入院、输液、透析、插管排水……大把大把的现金交进去，可是前前后后十多天，依旧不见半点好转的迹象。

我以为活不了了，精神好点的时候，开始有意识地交代后事。

我说："妈妈，寿衣太丑了。到时候给我穿一件旗袍，化个妆。"她默默听着，不赞同也不反对，看向窗外的眼睛里却噙着一包泪。

"妈妈，我有两张银行卡，密码是爸爸、你还有我生日的日子组合。"她摇着头，摸过来拉我的手，"一定会好的，所有人都说你有福气。"

隔壁病房的家属都劝她放弃，这个无底洞填不满，最后的结果只能是人财两空。她也痛苦万分，躲在病房外给爸爸打电话时，总是哭个不停。可是一旦来到我面前，就会擦干泪，执着地相信我会好起来。

看到她憔悴的脸，我开始特别特别怕死，不是留恋这个花花世界，是怕我的离去会让她也失去活着的动力。

可能是她的诚心感动了上天吧，也可能是我的求生欲发挥了作用。半个多月后，高烧渐渐退了，再经历一轮上吐下泻，我开始胃口变好。病情却反反复复，从4月到7月，住了100多天的医院后，我终于再次捡回一条命。

5. 女子本弱，为母则刚

出院后，她开始严格监督我的饮食，定时给我量体温、测血压。我不再惧怕病痛，和父母一样接受了现实，试着和命运握手言和。

那年是我的本命年，24岁，最好的年纪。经过与死神的一场殊死搏斗，我却在两个月后意外迎来好消息——肾源找到了！

我们一家三口马上赶到武汉，在一个完全陌生的城市，完成了这个对我、对这个家庭都意义非凡的手术。

安顿好我们，爸爸便返回云南照料年迈的奶奶。我还在ICU里接受观察，妈妈就睡在外面的走廊上，和我一门之隔却无法相见。

她是个从没到过大城市的农村妇女，不会说普通话。即使弟弟从苏州赶来陪在身边，我还是无法想象她怎样和医生护士交流，怎样去食堂买粥买鸡蛋，怎样一个人坐着地铁去农贸市场给我买一只纯正的土鸡炖汤……

答案应该只有八个字：女子本弱，为母则刚。

出院后她又陪着我在武汉待了三个月。没有朋友、没有亲戚，也没有事做。我躺在床上刷手机，做完仅有的几件家务，她就坐在床边看我，像刚刚开始透析时那样，深情而饱含希望。

6. 我所有的福气都是她和爸爸给的

然而她的操劳还没有结束，肺感染与肾移植手术欠下的巨额债务迫使年近半百的妈妈又踏上了外出打工的路。

她去了昆明的一家大酒店洗盘子，每天工作近12个小时，挣1500元工资。拿了工资后她总是兴高采烈给我打电话："够你一个月的抗排药了！"但有时候她也发愁，"手术完了也要一辈子吃药，要一辈子好好养着，等我和你爸爸干不动了怎么办？"

我握着手机不敢哭出来，据说我刚刚生下来的那一个月，几乎每天晚上都在哭，她和爸爸整夜整夜抱着我不能合眼。后来，作为农村难得一见的尖子生，他们又含辛茹苦，把我一路供到了大学。大学毕业，以为可以放下重担，想不到等到的却是生死较量……

我来到她身边，好像就是为了讨账。

又过了一年，我上了班，遇到了上天给我预备好的另一半。第一次见面时，她想到的只是叮嘱那个即将成为我丈夫的男人："她有很多忌口，油盐都不能多吃。她生过大病脾气不好，你多让着她。她身子弱，大概不能要孩子……"

她说着说着就开始流泪，脸上却一直都是笑着的。有邻居来串门，好奇地打量我的未婚夫。她和他们闲聊，笑得很大声："当时好几位大仙都说，我家姑娘是最有福气的！"

其实我所有的福气，都是她和爸爸给予的。

比起被看不起，
我更害怕被同情

1. 小摊前做作业的小女孩

几年前的一天，我曾路过一个被小贩占领的地下通道，看见卖袜子的小摊前，趴着一个做作业的小女孩。

女孩八九岁的样子，穿着校服，书本摆放在一把窄小的高脚椅子上，而她本人则坐在矮凳上，弓着身子认认真真地写着什么。

这些小摊，多卖些琐碎的生活用品，叫卖声此起彼伏。外界的喧嚣嘈杂似乎并没有对女孩构成什么影响，她时而蹙眉思索，时而挥笔疾书，连鬓角散落的发丝也来不及捋一捋。这样认真的读书场景，在那个灯火昏暗的地下通道里，就仿佛一道明媚耀眼的光，充满了正能量。

不只是我注意到了她，一个镜头对准了女孩，只听"咔嚓"一声，刺眼的闪光灯呼啸而过。女孩条件反射地抬起头，"哇"一声哭了出来，然后便以迅雷不及掩耳之势冲到拍摄者面前，哭喊着说："删掉！快删掉！"

拍照的是个年轻小伙子，挎着专业的摄影器材。小女孩忽然爆发出的呼喊明显令他蒙了，他举着相机解释道："叔叔是记者，这张照片发出去，就会有很多人来帮你的。"

"我不要！我不要！"小女孩边哭边摇头，拉扯着年轻人不肯放他走，无奈之下，那位记者只好依从了女孩，删掉了照片。小女孩这才松开手，抽泣着擦了一把眼泪。站在一旁的我心酸不已，想要上前抱一抱她，可又怕再次伤害了这颗稚嫩而敏感的心。

那时微博还很火，时不时会有一张偷拍的照片刷屏，多是此类底层生活里的片刻美好，以供广大网友安放泛滥的同情心。可从来没人公开问过一句，被偷拍的人是否愿意。忽然成为网红，对他们来说意味着什么。

我想，滋味应该不会太好受，这样被动的爆红多少带着些低姿态，将自身的贫穷困苦赤裸裸地揭开给大众观赏。

并非所有穷人都志短，并不是每个人都想要通过卖惨来获取生存筹码。

2. 我是个病人又怎样

透析时的某一天，有个亲戚得了糖尿病住院，在内科楼三楼。趁着透析前的半小时空闲，我买了糖尿病人专用饼干去探望。

陪床的是他女儿，我称为姐姐。见了我，那位姐姐站起身，连声说着客气话，又招呼我坐，热情地询问起我的病来。

"你现在怎么样？没有什么危险吧？一个月需要多少医药费？"

问题一个接一个地抛过来，我有些蒙，还没整理好回答的思路，她又把头转向隔壁床的家属："我这个妹妹真是可怜啊，年纪轻轻就得了这种病，也不知道还能活多久……"

那几个婶子、大妈把目光齐刷刷转向我，带着点怜悯又带着点庆幸，也纷纷开口表示了关爱和同情。

于是，来探望病人的我，反而变成了被慰问的病人。我马上低落了起来，有一搭没一搭聊了几句，就匆匆告辞了。

出了门，我还感觉得到自己被那些满是同情的目光追随着，浑身不自在。

实在不喜欢这种被同情的感觉，因为那些空荡荡的、千篇一律的、表示关心的话语总要将我隐秘的伤口再撕开一次，供他们找到苦难生活里的另一丝慰藉。

这样的同情无关善良，因为它总带着一丝淡淡的优越感，将两个人置于完全不平等的位置。

我是个病人又怎样，我有头脑有手脚也有思想，我并不需要从你们的三言两语里得到人世温暖。

3. 我们可以靠双手养活自己

从报纸上看过一则新闻，主角是相依为命的祖孙俩。家里的青壮劳力都在意外中死去，留下两人老的老、小的小，日子过得异常艰辛。好心人看不过去，提出要为她们搞一场募捐。

可老奶奶不假思索地拒绝了，理由是自己还有一口气在，孙儿也不算太小，两个人可以靠双手养活自己。

这样的人，其实并不少。靠着别人的同情来生活，自尊总要打点折扣。对有骨气的人来说，被同情的难受度，可能远大于被看不起。

大学时评助学金，除了出具村（居）委会开具的贫困证明，还需要在班会上轮番上台讲述自己的家庭情况。通常情况下，说得越惨，越有可能拿到高级别奖学金。

两三千块钱，不算多，但对一个贫穷大学生来说，可大大缓解燃眉之急。因此，为评助学金争个你死我活，极尽卖惨之能事的，大有人在。

那会儿我认识一个学弟，父亲已经不在了，靠着母亲打工供他和妹妹读书。他本已开好贫困证明，却在上台前两分钟悄悄撕毁了手里那页纸。

助学金于是泡了汤，他找了几个兼职，在食堂洗过碗、做过家教、发过传单，靠着零零散散的收入养活了大学里的自己。

我问过他为什么，他的神色有些凝重：

"我只是害怕同学们看我的怜悯眼神，特别不舒服。"

那种感觉我明白，你会觉得自己处处矮别人一头，在那个敏感的年纪里，别人随意的一个眼神就能击败你所有的自尊和自信。

4. 请别急着去施舍泛滥的同情心

是的，比起被看不起，我更怕被同情。

因为随着同情而到来的，就是弱势群体的标签。而没有谁，会心甘情愿沦为弱势群体。

或许同情也是一把双刃剑吧。你自以为付出了爱心，却从未换位思考，探究过对方真实的内心世界。

看过一个故事，作者提到小时候，有个残了一只手的乞丐乞讨到了家门口，他的母亲让年轻的乞丐用单手搬完角落里的一堆砖头后，给钱作为劳动报酬。

乞丐闪着泪光深深鞠躬，他大概已经历了无数同情的眼神，在内心深处默认了自己的叫花子身份。只有那几张浸透着汗水的钞票，让他摆脱了被可怜被同情的困境，往后的人生，应该能够走得更有底气。

对身处低谷的人，请别急着去施舍泛滥的同情心，不如先俯下身来，跟他处于同一高度，再看看他的眼睛……

最温柔的善意，从来都不是赤裸裸的同情。

不过是
被命运雪藏了两三年

1. 22岁，活下去成了我唯一的目标

22岁，是我前半生与后半生的分界线。

这个分界线的具体时间在2012年的春天，那个春天，我拿到了一纸化验单，上面显示我一项叫作"肌酐"的指标，高出正常值一大截。在此之前我并无异常，只是偶然间发现自己的血压高达180／120，于是我来到医院，做了全面检查。

没有任何过渡和预示，晴天霹雳一样到来的诊断，迅速开启了我那仓皇的下半生。

那时我刚过了22岁生日，离大学毕业不到三个月。

第一次住院，正值人间四月天，内科楼下的小荷初露尖角，而我生命里的春天，似乎也随着季节的交替远远地去了。

周围的同学都已经找好出路，考研、工作、留学，只有我，放下了雄心万丈，把活下去当成了唯一目标。

6月初，我仓促出院，坐了一天一夜的火车匆忙赶回学校参加答辩。到处都是聚餐与合影，一副离别前的兵荒马乱与真情流露。可热闹都是别人的，我小心翼翼遵守着医生的嘱咐，不喝酒不吃辣，在别人聚餐时躲在宿舍喝中药。

药特别苦，一如我那时的心情。心情特别孤独，就像我接下来要走的路。

毕业照上的我，一副臃肿而憔悴的模样，大量的激素应用让22岁的我变成了一个50多岁的大妈。我疲惫不堪地喘着粗气站在角落里，看着同学们摆着一个又一个pose，看着本也属于我的狂欢。只是，那份宽大的学士袍里笼着的悲伤和凄惶，没人看出来，那一刻的我就像一只离水的鱼，离死亡那么近。

出了校门就直接进了医院，尿毒症确诊，脱下学士服便穿上手术服，我的脖子大动脉上开了刀插上管，从此要依靠透析机来活命。

那是离开校门第七天。

2012年，传说中的世界末日，传说中将天崩地裂摧毁一切的时间。对于别人来说，那只是一个谣言，但于我而言，却是真的。我的世界，依旧在那一年崩塌了。

2. 我失去了生活的方向

我的同学们都在那个夏天陆续奔赴四面八方，建设祖国大好河山去了。世界那么大，总有一个角落能安放一个年轻人的梦想和大好时光。

可江湖上已经没有我的传说，我藏在家乡的小村里，晒着太阳闭着眼睛，以回忆往事为生。

或许是因为忽然失去了生活的方向，在一片茫然无措里，人总会不自觉地往回忆里躲，甚至逃回生命开始的最初，去寻觅一个重新喷涌力量的源泉。

我梦见儿时背唐诗、高考时的奋笔疾书、大学军训时的汗流浃背……无数画面在头脑中一一闪现，但都是从前的光景，仿佛自己已在潜意识里将未来彻底抹去。

我绞尽脑汁，拼命回想着到底是哪个环节出了错。可世上的因总是后知后觉，到了我们终于将它一点点挖掘出来时，果已经无法更改。

开始时总有人来看我，亲戚、朋友和同学，大家说着怜惜的话，感叹命运无常。随后也就起身告辞，他们还未走远，话却已经在我心底凉下去。

感同身受太奢侈，别人的不幸不过是一时谈资，流完泪依旧要转身过自己的日子。我知道，我会慢慢被遗忘，成为红颜薄命的代名词。

手机渐渐沉寂下来，不再响起，无聊时我一遍遍刷着微博，从只言片语里猜测他们的繁华生活，想象着大城市里奋斗的年轻人，怎样地加班奋斗、怎样在聚餐时喝酒嬉笑、周末了怎样约着唱歌逛街。虽忙忙碌碌，但希望郁郁葱葱。

而我，就像提前进入老年时期，无所事事地在阳台上铺一床被褥，和衣而卧，望着刺眼的阳光发呆。

我的大脑停滞了一整年，机械地吃饭睡觉，穿着睡衣和拖鞋去医院，躺在透析台上，盯着窗外的蓝天发呆。

3. 我开始重新读书

忘了是从哪天开始重新读书的，翻来覆去读了好几遍的，是史铁生的《我与地坛》。

那本书其实我在很久前就知道，但从前看看，总觉得那样的人生太遥远，直到命运和作者有了相似的轨迹，在最狂妄的年纪失去最重要的东西，才真正感同身受起来。

绝望痛苦里的阅读具有抚慰人心的强大力量，史铁生在书里说"儿子得有一条路通向自己的幸福"，我盯着那一行字，差点掉下泪来。

我也想找到一条通往幸福的路，给自己一个救赎。

就当这是命运给我的雪藏期，把所有折磨和苦难都看作天将降大任于斯人。其实，**走失在命运里的人，最需要的不是安慰和宽心，而是信仰和希望。**

父母不符合捐肾条件，我的配型资料被寄到全国各地的同学手里，又递进了各大医院的器官移植等待处。其实希望并不太大，就像遍地撒网，捞到鱼的概率屈指可数。

但只有做了这一切，我才能够在尽人事与听天命之间寻找一个平衡，才能在日复一日的煎熬里安心等待一个转机。

电视看厌了，太阳也晒够了，看书写字又重新回到我的日常生活里。我还喜欢上了烹饪，跟着菜谱用电饭煲做蛋糕，虽然一开始蒸出来只是硬邦邦的一坨蛋饼。我还开了一个淘宝店，卖自己亲手串的手链，生意很一般，但每赚一块钱都能让我满心欢喜。

至此，我才忙得不亦乐乎，也闲得心安理得。现在回头看，我竟神奇地发现那才是最好的状态，因为所有的努力都不问前程，也不关心归途，享受的永远只是当下那一刻。

4. 人生还在不断向前

后来我等到了肾源，在很多人的帮助下凑够了手术费，最后终于迎来了大彻大悟还带着一丝苦的下半生。等我调养好身体开始工作时，我已经快26岁了。

一起毕业的同学大都已经过上了有房有车、有家有口的日子。可我依旧两手空空，闺密安慰我说："其实，现在也就相当于你毕业的第一年。"

可不是吗？我笑着说，那些年，身体被病魔封印，**命运把我雪藏了两三年，还好，只是停滞不前，不是彻底毁灭。**

她又问："再来一次，你还害怕吗？"她知道这颗肾无法保我一世太平。

我闭上眼睛去回忆，却不怎么记得那些皮肉之苦了，唯有心底的恐惧与期待交相辉映，让我模模糊糊地记得那段岁月的不堪和痛苦。

但也只是模模糊糊罢了，因为人生还在不断向前，还有更多的体验来刷新我对那段时光的定义。

而现在，我已经清楚地看到了低潮期塑造出的坚强、隐忍和强大内心在我的余生里闪闪发光。

我不怕再来一次。我告诉她，也告诉自己。

与自己和解有多重要

1. 买买买，只为弥补内心的缺失

小雨很喜欢买衣服，喜欢到了有点丧心病狂的地步。

她的手机里装着几个app，除了微信，就是淘宝、唯品会、蘑菇街等等，琳琅满目的购物软件，不仅占用着手机存储空间，也在很大程度上浪费了她的时间，消耗着金钱，可她乐此不疲。

有一回我帮她搬家，各式各样的衣服整理出了满满三纸箱，从吊带裙到大棉袄不一而足，有的甚至标签都没撕。我们都皱着眉头，再一次发动劝说攻势，劝她少买衣服多攒钱，少买衣服多吃饭，少买衣服多睡觉……

朋友甲说："你看你，工作那么多年攒不下一个钱，可你根本穿不了那么多啊！"

朋友乙说："买十件便宜货不如买一件高档货，你这是何苦？"

我们不断劝着，她却只是呵呵一笑，搬完家立刻埋头于淘宝里逛逛逛，丝毫不见改进。在我忍无可忍吼了她的某一天，她沉默了几分钟，最后才轻声说："我给你讲个故事吧。"

有个小女孩，从小穿着表姐的旧衣服长大，几乎从没买过新衣服。其实家里并不穷，但妈妈觉得小孩子没必要太讲究。她便一直穿着不合身的衣裳，直到上了大学，把第一个月的一大半生活费都买了衣服。从此后一发不可收拾，她逛街上瘾、购物上瘾，后来又发展到网购淘宝，便手机时刻不离手，成为一名新时代网购狂。

"我也想改，可是好难。"小雨的语气里透着焦灼和苦恼，"每次看到好看的衣服，一定要拿下我才能痛快，要不然总是牵肠挂肚，接连几天都过不好。"她像是用记忆给自己画地为牢，被困其中难以自拔。于是我除了鼓励她去看看心理医生，似乎也别无他法。

有句话好像是这么说的，**我们每个人的心理病症，其实都能到童年时代找原因**。小雨的购物狂当然是一种病，病根其实就在儿时那些二手的旧衣，将她整个童年时光都衬托得暗淡无比，因此，她渴望通过买买买，来弥补内心的那一块缺失。

这是心病，心病还须心药医，而这心药，其实就是她自己。

2. 而立之年再次参加高考

那个被顶替上大学的女孩王娜娜，我一直都很关注。在最新的报道里，她决定再次参加高考，圆了自己的大学梦。

可是一切都和13年前不同了，已过而立之年的她，有了丈夫和孩子，身份已经由单纯的学生转变为妻子和母亲，因此有了太多的牵绊和琐碎，已经无法做到当年的专注。

许多人不解，可她义无反顾。

13年前，河南女孩王娜娜复读一年后没有等来通知书，便外出打工，随后结婚生子。不料13年后，偶然的一次贷款却牵扯出一桩"替代上大学"案。原来，同年高考的另一女孩冒领了她的大学录取通知书，顶着王娜娜的姓名上了大学，成为一名教师。

在十几年前，一纸录取通知书，便足以让两人的命运发生天壤之别。而最让人痛心的是，那一切本该属于王娜娜，无端端被人剥夺了去，再也讨要不回来。即使涉案人员均已被惩处，可时间已经匆匆忙忙向前走，王娜娜再也无法回到13年前去完成梦想。

和其他受害人不一样的是，她的合法权利，再也无法恢复……

对高考两次，将大学视为改变命运唯一通道的王娜娜来说，"大学"这两字无异于梗在心里的一根刺，时间久了，疼痛或许会有点麻木，但始终是存在着的。想起来时，心里始终会隐隐约约地疼。于是，考大学的心思再次蠢蠢欲动。

勇气可嘉，可支持王娜娜的人很少。毕竟而立之年已过，学习能力和学习激情也许都已经在生活的鸡毛蒜皮里消磨殆尽。考不考得上还两说，中间耽误的工作和生活又怎么算呢？

虽说时间向前走，人要学会和往事告别。可我赞同王娜娜再去高考一次，倒不是为了上大学，而是将肃穆庄严的高考当作一场仪式，来彻彻底底打开心结，放下这段伤心的往事。

与自己和解本就是对人生的重新审视，而一场极致的断舍离，总需要一些重要的场合或物件来作为载体。

属于王娜娜的那一个，叫作高考。

3. 所有的作茧自缚背后，都有一道心的伤痕

关于我的那一个，则是我得过的那场病。

患病一年后，身体每况愈下，而肾源遥遥无期。有一段时间，我几乎整夜无法入睡，心衰和多种并发症一刻不停地折磨着我。我坐在床上等天亮，只觉得漫长的黑夜似乎永远无法过去。

我开始怨恨自己，怪从前的自己太任性，也恨现在的自己回天无力。

恨别人，你或许还能扬起斗志获得生活的勇气。可恨上了自己，一切就变成了灰蒙蒙的绝望，世界像是黑白的，因为那个被你憎恨的自己完全失去了主导权。

于是我浑浑噩噩地过日子，将医生的所有嘱咐抛之脑后，总想着反正要死的，早点解脱也好。这样做的后果就是身体状况急剧恶化，几次进出ICU，真真切切感觉到死神降临那一刻，对世界的眷恋和对活着的珍视才猛然在脑海里清晰起来。对我来说，那是治疗生涯里的一个重要转折点。

从此后我开始配合治疗，静心等待可能出现的一切转机。因为渐渐明白了自己所有的寻死觅活都透露出一个重要信息：我想活着，好好活着。

小雨的买买买背后，渴望的是被满足被宠爱；王娜娜执意要重新高考，为的也不过是给13年前的自己一个答案。

所有的作茧自缚背后，都有一道深埋于心的伤痕。我们的折腾，是为了释放内心那些压力和压抑，只是方法没用对。

4. 可以为难自己一时，但不要为难自己一辈子

成长的伤痛、生活的挫折、失去了的人和事，几乎每一件都可能成为困住我们的牢笼，少则三五月，多则数十年。而人生最悲哀的事，不是被天灾人祸毁灭，而是在自身的心魔里日复一日，将好好的生活过成一团乱麻。

陷于悲伤，沉溺于负面情绪，长时间与自己斤斤计较，失去的除了斗志，也许还有再次获得转机的机会。

比如失恋的女孩，不肯再给自己一个机会，就会因为一棵歪脖子树而放弃一片大森林。

和别人闹别扭尚且痛苦压抑，更何况和自己呢？然而自己，恰恰就是最难战胜的那个人。假如你正好深陷其中，我有几点建议：

一、去看心理医生，寻求专业帮助。

二、如果有件事非做不可，那就放手去做，但不是放纵自己。

三、转移注意力，去找另一件值得你倾尽所有心思的事情。

聪明的姑娘，会为难自己一时，但不可能为难自己一辈子。因为她们知道，所有的执拗和纠结都可能成为人生绊脚石，摒弃不好的部分，才可能塑造一个全新的自己。

与自己和解，才是过好这一生的第一步。

大学四年，
我怎样弄垮了身体

如果时光可以倒流，我最想回到2008年。

那年我刚刚上大学，入学体检显示身体状况良好，仍有美好可期盼，仍有未来可憧憬。

可四年后，我是拖着一副病弱身躯回家的。即将签约的工作不要了，考研也算了，唯一的目标只是活下去。

到家一周就开始透析，然后便是长达两年的身心煎熬。凑钱、寻找肾源、与死神搏斗，在求生的路上苦苦挣扎。

"尿毒症"，这三个字是我一生的噩梦，但若非遗传，一个人要得一场大病其实也不容易。你想不想知道，我是怎么一步步"作死"的？

1. 饮食太任性

从前，我是一个吃货。

爱吃并不算一件坏事，毕竟我们都需要吃才能活着。食物在提供能量的同时，更能带来治愈人心的力量，可问题是吃什么，怎么吃。

我很挑食，坏习惯从小就有。离开了父母独自到外地上学，一时无人管束，便更加为所欲为。喜欢的东西总要一口气吃个够，不喜欢吃的一年半载都难得碰一回。但不幸的是，我爱吃的东西无非麻辣、烧烤及各类小吃摊上那些不卫生不营养的种种吃食。

几乎每所大学附近都会有这么一条街，狭长而拥挤，各式各样的小饭馆、小旅店、小吃摊连成一线。烤鱿鱼、肉夹馍、麻辣烫、铁板炒饭热热闹闹地嗞嗞作响，空气里永远飘荡着辣椒面混合地沟油的异香。

当年，我是那条长街的常客。

与食堂那些看上去没滋没味的寡淡饭菜相比，小吃街上那些活色生香的东西给我的舌尖和胃都带来了巨大的冲击，短暂的满足让年轻的我在口腹之欲里沉迷。

后来，我又开始吃外卖。价钱并不贵，卖相也很好，殷勤的送饭小哥总是将饭送到宿舍门口。而吃到嘴里的浓香顺滑总会让我忽略了藏在饭盒底的那一层可疑红油，其实我知道这些东西对身体有害无益。但我总是仗着年轻，仗着身体好，一再地把这些忽略过去。

后来，我生病了，许多东西都不能再吃，甚至连水都不可以喝多。我开始相信一句充满了宿命味道的话，"人这一生，能喝多少酒是有定数的。"或许我们的身体对物质的容纳是有限的，超过某个数目，器官就会自然而然地排斥，并用生病的方式来对你发出警告。

饮食有度，是对身体负责的最基本态度。我也是到了后来才知道，不仅仅饮食，**世间万事万物万种情感，都需讲究一个合理的"度"，包括爱，包括恨。**

2. 作息不规律

大学生的熬夜能力超乎想象。

高三时，为了考上一个理想大学，我起早贪黑，常常黑着眼圈去上课。那时候我告诉自己，等上了大学，一定要把失去的睡眠狠狠补回来。但一进入大学，我就把誓言都忘了。因为，我的周围几乎没有按时睡觉的同学。

当熬夜成为一种大环境，你会自然而然地睡得越来越晚。学校规定11点熄灯断电，我们先是12点入睡，接着推到午夜1点、2点……

夜生活总是多姿多彩的，开卧谈会、玩手机、看小说，或是完成白天许多拖拖拉拉的事儿。那时我已经开始给少女杂志写稿，浓烈的爱恨情仇似乎只适宜在夜深人静时宣泄。我敲着键盘，以为自己在追逐梦想，却不知道乌云已经开始聚拢……

11点之前进入睡眠状态对身体有益是毋庸置疑的。世界既有白天黑夜之分，便是在提醒我们顺应自然之势，该起便起，该睡就一定要睡！

挥霍健康，其实才是最让人扼腕叹息的挥霍。后来我读到于娟的《此生未完成》，里面有一段话：

有些事情，电影也好，BBS也好，K歌也好，想想无非感官享受，过了那一刻，都是浮云。唯一踩在地上的，是你健康的身体。以后熬夜之前多想想这段话。

顺利完成肾移植手术后，我开始坚持10点上床休息、6点半起床锻炼吃早餐。晨起的空气特别好，走在那样的清新宁静里，似乎所有沮丧都会一扫而空，身心俱佳。

这是最基本的养生之道，早睡早起，希望年轻的你不会明白得太晚。

3. 小病不注意

大学那些年，我总是小病不断。三天两头感冒发热，腹泻胃疼也是家常便饭。

可能是长沙的水土不适合我，也可能是长期的饮食与作息失衡导致了这一系列问题的出现。总而言之，大病到来之前，身体一定会提前对你发出警报。遗憾的是，许多人，尤其是年轻人，通常都不会太重视这些小小的信号。我们总是想当然地以为，熬一熬就过去了。

但这一熬，等待你的说不定就是量变积累到一定程度的质变。这就是许多大病，一发现就已经到了晚期的原因。就肾脏来说，它本身具有十分强大的代偿功能，不到了临近完全失去功能，你是很难觉察得到病变的。

说到这里，我不得不吐槽一下我们的健康知识教育。

我们从小学习诗词歌赋、天文地理、政治哲学、生物自然，但没有一门课来教会我们怎样正确对待自己的健康，怎样从蛛丝马迹里读懂那些身体的求助信号。

所以，自己务必要学习一些必要的医学常识。不舒服的时候，一定不要硬扛，及时去正规医院得到正确的诊断和治疗。这是每个独自在外生活的人都需要牢记于心的事情。

4. 争强好胜压力大

是的，从前，我是一个成功欲很强的姑娘。

欲望是把双刃剑，它能鞭笞你努力往前走，但也能破坏你的心性，将你拖入万劫不复的深渊。

上学时，我是那种学习名列前茅、在学生组织里担任重要职位的"风云人物"。可你知道，同时兼顾好两方面并不容易，我需要付出的，是几倍于别人的努力。

年轻人，有追求当然是好事。可我的心不宁静，对是非成败做不到一笑了之。为了达到目标只能使劲向前冲，所以很多时候都无法正确排遣心理压力。那几年，虽然所有人都认为我优秀，可我不快乐。

你知道吗？其实发自内心的快乐，才是幸福的真正源泉；而非名利，非任何一种世俗意义上的成功。

现在我生活在家乡的小城镇里，做着一份简单的工作。平时烹饪养花、洗衣买菜，当年那些远大梦想，我都渐渐遗忘了。

幸福不过求仁得仁，而我此生的愿景，不过是好好活着。

总有一个人
能陪你颠沛流离

1. 我想照顾你，一生一世

我很少认认真真地写他，我的丈夫。

大部分时候，他都作为故事的点缀，在我的文章里浮光掠影一般轻轻飘过。但在我25岁以后的人生故事里，他是男主角，绝对的、唯一的。

是的，我25岁才遇见他，早过了年少轻狂的时候，已经得过绝症、做过肾移植、爱过恨过、被放弃过……

无数个"过"字，将短短的前半生连成了一片遗憾与失落。所以，在认识他之前，我觉得我会孤独到离世的那一天。

爱上一个得过绝症的姑娘，听起来美得像是一部偶像剧，但没有人想要这样的一生。可遇见我，他义无反顾地要了注定跌宕起伏的人生。

他说他从一张直投广告的软文里认识了我。

那时我刚刚做完肾移植半年，在家乡小城的广告公司找了一份工作，负责撰写软文。他之前也在那家公司，在我来之前两个月辞职。但是看到我的文章后，他又折了回来，和我做了同事。

后来他告诉我："我回来，有一大半是为了你。"

但他不知道我的真实状况，直到有一天抽烟被同事制止，才偶然得知我得过重病做过大手术，属于大家的重点保护对象。

"听到那个消息，我觉得心都好像要碎了。从那天起，我就想，只要你愿意，我就照顾你，一生一世。"

因为他的这句话，我才相信了另一句话：

如果你真的爱一个人，根本不放心由另一个人来给她幸福。

2. 我们都是没有放弃的那一个

遇见我之前，高先生以为自己的人生在不断兜圈子，似乎是走错了。

他是师范院校出身，既定的道路是考上某所公立学校，成为一名光荣的人民教师。三尺讲台缕缕书香，忙时育人闲时旅游，然后娶妻生子，含饴弄孙，守着安安稳稳的工作，过平平静静的日子。

他差一点就真的过上了那样的生活。临近毕业，顺利拿到教师资格证，相处两年的女朋友提出领证结婚。

可他总觉得少了点什么，无论对准妻子还是对未来，他没有怦然心动的热情，缺乏将日子过下去的动力。

这个念头在他跟着女朋友回家见父母时尤为强烈，酒桌上觥筹交错，未来的岳父岳母殷勤劝酒。一切都刚刚好，可他心里明白，这种一眼就看得到头的安稳并非自己所愿，而这个沉默而温顺的女孩也不是他最理想的妻子人选。

于是，他毅然决然地分手，背负负情之名，放弃唾手可得的事业编制，独自前往异地他乡，在电视台扛过摄像机、国企做过宣传、开过婚庆公司，漂泊不定，直到在建水遇见我。

在一起后，我们都开始相信命运安排自有其合理性。

其实上天为每个人都准备好了最珍贵的礼物，理想也好、爱情也罢。但需要我们走过沼泽、穿过黑暗去寻找。有人坚持到底了，可有人在半路便将就着放弃了。

幸运的是，我们都是没有放弃的那一个。

3. 有一个人努力地想要感知你的苦难

我知晓他的心意，是在2015年夏至那天。

在此之前，他已经接送我上下班一个多月，做了十几顿饭给我吃。

他第一次送我回家，是在我加班后的某个傍晚，当时我道过谢，把这当作一个偶然事件。想不到下了车，他对我说："明天我送一个朋友去火车站要路过这里，正好载你去上班好不好？"

我信以为真，便和他约了时间。

第二天下了班，他自觉地走到我面前，笑了笑："我们走吧。"

我有些蒙，他还是笑："顺路嘛。"

于是我又坐上了他的后座，一直坐到了今天。

不久后我到昆明例行复查，可能因为在外吃饭口味较重，钠有点超标。知道结果后，他马上提出给我做饭吃。

我离开父母一个人到城里上班，租住的地方没有厨房，经常在外面随便对付一餐。他对我说："你的身体不能马虎，反正我自己也要做饭吃，顺便。"

他的笑容让人无法拒绝，我对姐姐提起，她断言："只有两种可能，他喜欢你，或者，他同情你。"

我们第一次一起吃饭时，他做了鱼汤、土豆丝、青菜，没有放盐，一点也不好吃。但我喝第一口汤时，忽然有种想流泪的冲动。

欢喜而心酸，期盼又恐惧。

我想起了《蓝色生死恋》里面的桥段，恩熙吃不下自己的病号饭，尝了一口俊熙的，却发现和自己的一模一样。

世间或许没有真正的感同身受，但有一个人，那么努力地想要感知你的苦难，哪怕他只能通过食物里的酸甜苦辣。

想想都会觉得，那是一生兵荒马乱里，最难得的岁月静好。

4. 还没正式认识你，我就开始喜欢你了

他表白的那天，北半球正值一年里最漫长的白昼。将近晚上8点，天边还有光亮。

我们去了城外，电动车穿梭在一片稻花清香里，还听得见阵阵蛙鸣。他忽然问："你信不信？还没正式认识你，我就开始喜欢你了。"

我相信他喜欢我，可我不信他爱我。

爱和喜欢不一样，喜欢只是感官欢愉，但爱意味着责任，重于泰山。

可他摇头，他说："只要你愿意，我们可以马上去领证，马上！"

他迫不及待想用法律将我们捆绑在一起，和当年拒绝领证的他判若两人。所以很多时候，男人不是不想结婚，而是没遇到他想娶的那个人。

那是我生平第一次得到的求婚，没有玫瑰，也没有戒指，但我相信他已经捧出了一颗心。

车子已经驶进城，霓虹灯都亮了起来，微风终于吹散了白天的燥热。我听见自己说："那好吧，我就等你准备好所有来娶我。"

第二天，他把钱包交给我，一沓现金，几张银行卡。

"这是我所有的财产，以后都由你保管。"他把钱包塞到我手里，"你的前半生，由你爸妈负责。从今天起，我来接手。"

我们认识还不到三个月，这样的信任让我无比惶恐。我想还回去，他按住我的手："只是我现在还不富有，但我会努力挣钱，给你预备好下一次换肾费用。"

这句话猛地戳中我的泪点，就像是独自跋涉了几万里，忽然有一个人来到你身边，拥抱你，牵着你的手一起继续走。

这应该就是爱情与婚姻的全部意义，茫茫红尘相遇，一生不离不弃。不管是平安喜乐，还是颠沛流离。

5. 爱情的另一种模样

他让我看见爱情的另一种模样，不是撕心裂肺的纠缠，也没有百转千回的徘徊。

这种爱是接地气的，沾着浓浓的人间烟火气，让人想到晒过阳光的被子，冬日里炖好的鸡汤，温暖得脚踏实地。

在一起第二个月，他就跟着我回家，给我爸爸买了上千元红茶，陪着我妈妈做饭洗碗。因为他的到来，我们那个深陷病痛三年的家，也仿佛是终于走出了阴霾。

他对我的父母承诺："我会照顾好她，尽我最大的力量，让她过得好好的。"

我的家人都非常喜欢他，认为这是一个能够托付终身的好男人。我相信，一个能让久经世故的长辈交口称赞的男人肯定错不了。所以，这一次，我也放心把自己交给了他。

不知道他怎样说服了他的父母，我未来的公公婆婆。反正后来，我们的婚事得到了双方父母的一致认同。

我认为会曲折离奇得足够写一部电视剧的路，竟然就那样轻轻松松走到了头。

我也开始坚信，以法律的形式将对方默认为唯一伴侣，才是爱情的最终极表达。

对有些人来说，婚姻也许会是爱情的坟墓。但对另一些人来说，婚姻则是爱情的升华。

而这些人都相信，世间总有一个人，能陪你颠沛流离。**在遇到ta之前，你需要做的就是好好活，把自己变得足够强大，足够美好。**

我终于活成了
自己最喜欢的模样

1. 只有生命，永远不可放弃

2016年，我工作了，也结婚了。此时距离大学毕业，已经整整四年。

生日那天，我收到人生第一枚戒指，然后穿上期盼了许多年的婚纱和礼服，等到了那个承诺一生的男人。

结婚生子，何其普通。但这曾是个无法实现的梦，因为一副残破的身躯，一颗支离破碎的心，往往会将岁月静好化成飞蛾扑火。

现实生活中与绝症沾边的爱情故事，大都没有韩剧里那么浪漫和美好。还好，我算是一个例外，最终还是活成了偶像剧里的女主角，得到一个happy ending。

领证那天是5月20日，我在朋友圈说："终于等到你，还好我没放弃。"

往回看一看，真的非常感激那个永不放弃，一直努力活下来的自己。

我曾离死亡那么近，我曾万念俱灰想将自己彻底毁灭。幸运的是我在一次次的自我较量中得到救赎，不幸的是，我再也无法回到最初。

但现在我相信了，只要活着，一切好事都有可能发生。

总能吃着珍馐美食，看见山明水秀，完成心中所愿，遇见可托付的良人……

人间所有的快乐，感官上的，或是心理上的，都以"活着"为前提。所以，我们可以放弃事业、爱情甚至梦想，只有生命，永远不可放弃。

2. 自杀有时也只是瞬间的冲动行为

你们都知道的，我得过尿毒症，差点没活下来。但自杀的念头，我只有过一次。

是刚刚生病那会儿，爸爸听信中草药可以治好我的病，便不远千里不惜重金抓回来好几服。我不肯喝下去那些来历不明的药汁，他急得要打我……

巴掌已经高高抬起，却又软绵绵放回去。那张因为生气而略显扭曲的面孔已经透出苍老的痕迹，一闪而过的泪光忽然让我内心一颤。

家人的绝望我懂，可这些病急乱投医的做法我却不能认同，因为中草药肾毒性不明，对本已衰败的身体来说，无异于雪上加霜。

他们却不懂我，只当自己的一片苦心被误解被辜负，爸爸抱着头，呜呜咽咽的声音不时传过来。那一刻，死这个字第一次清晰地出现在我脑子里。

失去生的信念，源于改变现状的无望，在那种时候，死亡会成为最有力的感召。因为，死永远都是比生更容易的事。

我开始了默默筹划，第二天跑到药店买安眠药，却被告知需要医生处方。而父母似乎也觉察到了我的心思，家里的农药瓶在一夜之间全都消失不见。

没死成，我就只能继续苟且偷生。毕竟刀割手腕我没勇气，烧炭自焚又找不到机会。

事实上，自杀有时也是瞬间的冲动行为。过了那一刻，"好死不如赖活着"的心理又会占了上风，遗憾的是，这种单向行为无法撤回。

3. 我会怎样离开血透室呢

那些口口声声不想活了的人，其实大多未受过死亡的真正威胁，也很少真正感知过生命消失的过程。所以那一两句有意无意地牢骚，更像是一种发泄。

可我真真切切看到过死神的影子，在血透时血压突降的不省人事里，在严重肺感染的整夜咳嗽里，在一个又一个病友的猝然离世里……

血透室永远热闹而苍凉，走了一个老面孔，又来一个新面孔。外面的世界忙着赚钱恋爱，我们的世界却一直忙着告别，而且一别就是永远。

那个时候，我常常想，我会怎样离开血透室呢？被抬出去还是自己走出去？活着离开，还是死了才能离开？

你以为的平凡普通，正是别人的求之不得。而我在一生最美好的年华里，所有的努力都是为了活下去。

那几年我开过淘宝店、写过长篇小说、替别人做公众号，也曾写过各种材料申请各类救助，想尽一切办法凑钱去做手术，给自己一个活下去的机会。

现在看起来，真的有点卑微，也有点心酸。偶尔翻看那几年的微博，言语里的失落和痛苦已经渐渐模糊，但那个孤独无助的女孩依旧让人心疼。以至于我的丈夫经常会抚摸着我的头发说，当时你怎么不打电话给我呢？

一句玩笑话，但我明白这代表未来的生死与共。而这，大概就是我死而复生走到他面前的所有意义。从此后有人一起分担和分享，爱情和婚姻，抛开所有的华丽描述和繁复琐碎，不过就是陪伴和珍惜。

能得一人心，我何其有幸。

4. 我终于做回了一个正常人

2016年，移植手术后的第二年，我终于做回了一个正常人。

有一份工作，有一个老公。没有住过院，一年四季都在上班，平生第一回，在职场度过了365个日日夜夜。也得到褒奖与加薪，在工作里获得劳动的幸福感与成就感。

起床时做一份元气早餐，下班后沿路看云。两个人买菜做饭，争吵后拥抱着和好。窗外风在吹树在摇，一切刚刚好。

夜里听着音乐写字，踮着脚尖去触摸梦想，在万家灯火里，做一个默默地追梦人。

然后洗脸刷牙，躺在干净柔软的床上做一个好梦，安然结束这一天。

周末打扫卫生，洗完床单被套后躺在摇椅上读《诗经》，直到自然而然地放下书本睡着。

这就是我的2016年，和大部分人一样，活在热气腾腾的人间烟火里，烦恼有之，安乐亦有之。

成为一个妻子，免不了被柴米油盐牵绊；做一份工作，则少不了劳心劳力。但只有这些细小的烦恼都在你周围，生活才是鲜活饱满的。

这是我想要的，也是我喜欢的生活。

人人都知道要把每一天都当成最后一天来过，光阴苦短，生死无常，活在当下才是最聪明的做法。

可当下是什么呢？烈火烹油的热闹，还是一日看尽长安花的洒脱？或许只有失去过的人，才能懂得眼前这一份平淡里的珍贵。

所以，我理解的，最直接有效的活在当下，就是好好吃饭、按时睡觉、努力工作、认真相爱，做世人都在做的，最普通的事情。

用了四年时间，向死而生，我终于，还是活成了自己最喜欢的模样。

第三章

好姑娘，更要让自己活得有底气

自己有底气

才能坦然行走世间

每一个阴狠的李莫愁，
都曾是娇俏的小黄蓉

李莫愁和黄蓉的第一次正面交锋，发生在郭襄出生之后。

此时的黄蓉已为人妻、为人母，是名满江湖的一代女侠。而李莫愁依旧形单影只，却对着襁褓里小小的郭襄母爱泛滥。

许多人从那一幕里窥见赤练仙子的几许柔情，但少有人想到，很多年前，李莫愁也和黄蓉一样，初出江湖，眼角眉梢都洋溢着少女特有的明媚与柔情。我常常想，如果她遇见的那个人是郭靖，结果会不会不一样？

1.李莫愁也曾是貌美倾城的绝代佳人

李莫愁初出江湖那一年，据说是一个貌美倾城的绝代佳人。

那一年的江湖，还没轮到她登场，郭靖和黄蓉正在刀光剑影里儿女情长。初出古墓的小姑娘李莫愁所求的，大概也如那个年纪所有的小姑娘那般，做着"愿得一心人，白首不相离"的美梦。

可到了在《神雕侠侣》中正式出场时，李莫愁已经是令人闻风丧胆的女魔头。她的出现打破了江南水乡的夏日宁静，陆家夫妇命丧于此，杨过也因此偶遇郭靖夫妇而被带到了桃花岛。对整部小说来说，这只是开场。但对李莫愁的人生来说，巅峰早已过去，往后的每一步，都不过是在痛苦与悲愤相交织的回忆里走下坡路而已。

一个女人最璀璨光华的时候，莫过于在最当好的年纪遇到最当好的人。

我想，遇见陆展元之前，她应该不是太快乐。

古墓派弟子。这五个字是她当年所有的标签，青丝白衣衬着绝世容颜，想来美得如同一幅画。但时间在那座活死人墓里是静止不动的，年纪轻轻的小姑娘，不知不觉生出异样心思倒也不为怪，更何况她正处在思春年纪？

和黄蓉悄悄溜出桃花岛一样，她也在某一天偷偷离开了古墓，开始独自闯荡江湖。那时她们都还是涉世未深的少女，遇见谁爱上谁，仿佛命中注定，逃不脱也改不了。

在金庸的武侠小说里，被大书特书的是靖蓉初会，灵动小乞丐和憨厚靖哥哥的每一个互动都爱意满满。作为读者的我们，甚至在开头就能猜到这两人将要携手一生。但事实上，**所有的人生初见都值得我们浓墨重彩地纪念，没有早一步也没有晚一步，最好的爱情向来都是天时地利促成的结果。**

就如同那一年那一天，李莫愁遇到了陆展元。

那是在大理，曼陀罗花开得惊天动地。金庸借武三娘之口来道出那段往事：

"那赤练仙子李莫愁现下武林中人闻风丧胆，可是十多年前却是个温柔美貌的好女子，那时也并未出嫁。也是前世的冤孽，她与令兄（陆展元）相见之后，就种下了情苗。后来经过许多纠葛变故，令兄与令嫂何沅君成了亲。"

看到没有，在金庸笔下，李莫愁原是一位温柔美貌的好女子。致使她性情大变偏激一生的根本原因在于——陆展元娶了旁人。

2. 爱上渣男不可怕，只要学会放下

永远不要轻视爱情对一个女人的塑造力，赵敏甘愿抛弃家国，练霓裳红颜白发，李莫愁为此悲剧一生也不为怪。更何况为了和陆展元在一起，她曾不惜违背师命，反出古墓。黄蓉得知郭靖与华筝有婚约时，尚有桃花岛可疗伤。而李莫愁只能浪迹天涯，却做不到相忘于江湖。

你有没有出席过至爱的婚礼，而新娘不是你。

书里说陆展元和何沅君成亲时，李莫愁曾大闹婚礼，不料却被天龙寺一位高僧阻止，并被迫答应十年内不向陆家夫妇寻仇。于正版《神雕》用三集篇幅来讲述李莫愁与陆展元的爱恨情仇，故事蹩脚而矫情，但李莫愁离开时的那句话深深打动了我，她含着泪说：

"陆郎，你千万要健健康康地等着我，别死了，别伤了，我会回来找你的！"

那时她还是俗家女子装扮，一头青丝未束起，泪水打湿了脸上的胭脂水粉。那句哀伤悲切的话里却分明透着十足的爱，不像是十年后来报仇，倒像是十年后再续前缘。也就是这一个画面，让我忽然明白李莫愁其实也是个可怜人。**爱上一个渣男并不可怕，可怕的是对渣男永远心存眷恋。而这眷恋，注定了她再也不能活成黄蓉那般幸福美满的模样。**

十年后她杀到陆家止：

"李莫愁拂尘轻挥，将三般兵刃一齐扫了开去，娇滴滴的道：'陆二爷，你哥哥若是尚在，只要他出口求我，再休了何沅君这个小贱人，我未始不可饶了你家一门良贱。如今，唉，你们运气不好，只怪你哥哥太短命，可怪不得我了。'"

她始终没有怪他，甚至幻想破镜重圆。彼时陆展元已死去

三年，她却还执意不肯放过陆家满门。故事到了这里，可怜之人已经现出了可恨之处。**痴情不是错，固执却是；一生困于感情牢笼，皆是因为短短三字：放不下。**

当年许十年之期，高僧为的就是让时光慢慢消磨她的怨恨。这的确是大部分人的做法，面对感情创伤，我们都会不自觉地寄希望于时间。但这一次，时间败给了怨恨。而李莫愁，已经彻底败了一生。

3. 唯愿来世不相见

她本可以有平静的人生，习武养蜂，在终南山下安然一世。

她也有机会成为一个幸福人妻，江湖那么大，以她的相貌武功，择一佳偶未必是难事。

情伤这种事，走出来了是历练，走不出便只能是伤痕。

只是，当看到李莫愁怀抱着郭襄露出温柔的一笑时，我还是忍不住想象当年在锦帕上绣着曼陀罗的她。那时天还很蓝，云也很白，她还有着和黄蓉一样的期盼，给心爱的男人生一个孩子。柴米油盐也好，刀光剑影也罢，有他，就是圆满的一生。

后来她总爱唱那一句："问世间情为何物，直教生死相许……"甚至到了葬身火海那一刻，突然火中传出一阵凄厉的歌声："问世间，情是何物，直教生死相许？天南地北……"唱到这里，声若游丝，悄然而绝。

她在临死前又看见了自己刻骨相思的意中人陆展元，另一个却是他的妻子何沅君。她冲口而出，叫道："展元，你好狠心，这时还有脸来见我？"

到底是恨着也爱着的，一生一世，至死方休。唯愿来世不相见，如此才可不相恋。

别傻了，
做闺密也要门当户对的

1. 为什么安陵容和甄嬛做不了好姐妹

当年看《甄嬛传》，安陵容一出场，我就知道，她和甄嬛做不了好姐妹。

为什么呢？你看她躲闪扑朔的眼神和战战兢兢的姿态，和甄嬛的明亮大气是不是极不相称？她们的气度谈吐，其实早已经表明了各自的性格，而性格，早已在冥冥中注定了命运。

起初的交好，带着陪衬与讨好的意味，算不得真正的姐妹情深。有一集里，被甄嬛对淳贵人的亲厚刺激到的安陵容说：

"出身差不多，自然更相处得来。"

这句话真相了，不只是结婚，其实做闺密，也是要讲究"门当户对"的。

高中时，班里有个来自偏远山村的女生阿云，同桌却是工商局长家的千金小雪。小雪很照顾阿云，不时给她带点护手霜、巧克力之类的小东西，不值钱，却都是阿云生活里极少出现的稀罕物。

两个人自然形影不离，上厕所都是手挽手一道去的。周末阿云偶尔也去小雪家里做客，开始几次，她都是兴高采烈的。但是慢慢地，我们发现阿云待在宿舍的时间越来越多，对小雪的示好开始视若不见。当然也没有宫斗剧里你死我活的戏码，不过就是慢慢淡了疏远了，最后做回普通同学，变成点头之交，仅此而已。

高考后聚会，提起三年风雨心酸，大家都有了些醉意。有人说起高一时两人亲密无间，阿云只是浅浅笑着，轻声说一句："我们不是一个世界的人啊。"

做闺密的首要条件，应该是能相互理解吧。只有这样，彼此暗含心思的两个女性，才能在漫长时光里携手前行，这一点，并不比一男一女相守一生更容易啊。

可是，你谈你从小的迪士尼和爱马仕，我却只能说我的上山采蘑菇。**我们眼界不同，观念不同，乍见之欢一过，剩下的便是意见不统一、步调不一致，渐渐地话不投机半句多，友情可不就一步步走上死路了吗？**

"有一次我们一起去逛街，她进的都是我买不起的专卖店，一整天，她都在不停试衣服，我觉得自己就像公主身边的小丑。"

你看，女孩的友谊，其实还夹杂了许多比较和小心眼，悬殊太过的物质条件下，产生真情并不容易。不信你放眼四周看看，那些玩得来的姑娘，是不是以背景相似者居多？

物质基础决定上层建筑的道理，放之四海而皆准。

2. 曾经的闺密为何终究活成了两条平行线

15岁之前，我的闺密叫青青。名字很简单，人也很朴素。

小学到初中，我们都是同学，共同经历着最早的成长。15岁后我继续上学，无心读书的她则在亲戚的介绍下，去了省城一户人家做小保姆。

高中第一个寒假，听说青青回家了，我急急忙忙跑了去。她烫了头发，穿着一身bling bling的亮闪闪短裙，我有些目瞪口呆，她嫣然一笑，问我好不好看。

我只得点点头，坐下来兴致勃勃说这半年来的学校生活。可她兴致索然，大声吆喝着来家里玩的人打麻将。搓麻将的声音噼里啪啦响起来，夹杂着他们热闹的谈笑声。我独自坐在角落，忽然觉得很孤单，起身快快回家，她也并未发觉。

终究是慢慢走远了。与其说是时间磨平了感情，倒不如说是漫长的时光让我们越来越不一样，从穿着打扮到价值理念，再也找不到共同点。

我上大学第一年，青青跟着刚刚在一起的男朋友去到广州，进了一家电子厂做了流水线工人。20岁回家摆了婚宴，用辛苦挣来的钱建了二层小楼，还盘下了镇上一个小铺面准备做生意。我们见面越来越少，偶尔在QQ上聊聊，也总是在三两句后就没有话题。

她的伴娘是一起打工认识的小姐妹，几个人嘻嘻哈哈笑着，踩碎了一地的鞭炮红碎屑。我把红包放进喜盘，除了一声恭喜，好像就说不出其他的话。也许我们都不记得了，还是个小女孩时，曾望着电视里的洁白婚纱，许诺要做对方的伴娘。

现在，青青在我的朋友圈里，成了偶尔的点赞之交。她晒娃、爆粗口、骂老公、诅咒极品顾客，我写我的小文章，终究是活成了两条平行线。

我们又都有了新闺密，依旧是可以睡在同一个被窝里听着雨声聊一整夜的。如果说成长是一场马不停蹄的相遇与别离，闺密可能也是漫长岁月里不断地失去与得到吧。

毕竟我们都在成长变化，三观在变，思想在变。谁又能保证，几十年后和你一起跳广场舞的，还是今天一起shopping喝茶的那个呢？

3. 逐渐背离的内心是难以挽回的

在爱情里，吸引我们的可能会是和自己全然不同的人。但交朋友时，大部分人选择的却是和自己相近的同类。

当年，吸引着丹妮走向小雅的东西，正是她身上那份与自己相似的坚韧与不屈。她们携手走过人生最好的四年，从对方的眼睛里看见成长的倒影。

只是毕业后去了不同的城市，开始时每天打电话聊天，渐渐地联系频率变成三两天一次、一周一次、一个月一次……

小雅的关注点似乎也在慢慢发生变化，两个人偶尔聊天，她提起最多的就是怎样趁着青春年少嫁个有钱人。而丹妮关心的则是自己未做完的策划和方案，思索着活动的细节，对小雅的念叨颇有些不屑。

久而久之，丹妮提起电话时总有些犹豫，次数多了，索性置之不理吧。谁都没有错，可感情就是一天天淡了。

你可能没有想到过，成长有时意味着的就是我们要在一个接一个的分岔路口告别，起初时或许还能相对微笑，可是当渐行渐远，对方的背影都无处可寻时，我们也许依旧是朋友，却不再是可以推心置腹的闺密。

因为请进生命里当成后天亲人的那个人，其实是和爱人一样，也是需要"门当户对"的，这里指的不一定是物质上的相差

无几，**但精神世界里的三观契合却是不可或缺的**。人生那么长那么难，别的也许难以更改，朋友的断舍离相对要简单许多，不是吗？

你穷困潦倒，我可以供吃供住；

你陷入感情旋涡，我可以拉你出沼泽；

你工作不顺，我可以成为你的三头六臂；

唯独逐渐背离的内心，我无心也难以挽回……

这可能就是离开校园后，我们的人生就不断做减法的原因。因为我们步入社会，阅历增长后，越来越信了一句话：

物以类聚，人以群分。

你认真做饭的样子好美

1. 与柴米油盐的握手言和

我是跟着奶奶长大的，一个不识字的老太太，没有太多的爱好和消遣，每天的主要工作就是做饭。

奶奶常常带我去菜市场，教我分辨猪肉的新鲜程度、茄子的老和嫩、青菜是否打过农药……口中说着："图图以后要学着自己做饭的，要会买菜才行。"红红绿绿的西红柿和青椒装了满满一篮子，她一手挽着菜篮，一手牵着我走过回家的青石小巷。

到了家，八九点钟的太阳刚好升起来，正是惬意的时候，不太冷也不太热。奶奶便拿了小凳子，让我坐下来拣豆子。她则忙着生火淘米，开始为午餐做准备。

记忆里，奶奶的每一天都是这么过的。和她那个年代的千千万万妇女一样，围着锅台转悠的日子一过就是一生，青丝熬成白发，所有的缠绵和爱意都融在了人间烟火里。换了我，恐怕是怎样都做不到的，可奶奶只是一笑，连做饭都厌烦，还活个什么劲呀？

很多年后我独自在外实习，住着一间小小的旧旧的宿舍。在吃腻了外卖食堂后买了一个小电锅，烧开热水丢进挂面，乳白色的汤水翻滚起来，缕缕上升的热气猛地冲破了小屋子的狭窄昏暗。

当我端着那碗卧着鸡蛋、放着莜麦菜的面条吸溜时，忽然意识到该买一个小盆栽，再买一块桌布。最好还有个冰箱，放着瓜果蔬菜、五谷杂粮和油盐酱醋，生活一下子就热气腾腾起来，孤独的漂泊感应该能因为这个小窝的温暖气息散去很多。

初离校门的不安惶恐就这样被一碗亲手煮的面条治愈了，我陆陆续续买了豆浆机和微波炉，当然，做的都是简单饭食。然而隔着餐具触摸到那一团暖意，内心就会跟着胃一起慢慢丰盈。

那种感觉，神奇而美好。**做饭，有时也像成长里的一种象征，与柴米油盐握手言和，才是真正意义上的成熟和长大啊。**

2. 做饭是生活里最深刻的艺术

会做饭的姑娘仿佛自带光芒。

窝在小小的沙发里，看着小露姑娘站在厨房里认真切菜时，这句话忽然从我的脑子里冒了出来。

她微微弯着腰，长发绾成一个松散的髻，几丝乱发飘在额前。傍晚的阳光细细碎碎洒在她的身上，砧板上的鱼已被切出漂亮的十字花，而她专注的眼神，丝毫不亚于一位艺术家精雕细刻的屏气凝神。

我也是后来才相信的，**做饭，才是生活里最深刻的艺术。**

15岁认识小露时，我们都是寄宿的高中生，平日里靠着食堂吃饭活命。偶尔去校外的小店吃个炒饭或者面条，冒着的往往是地沟油和重口味的风险。某一个周末，小露拉着我去了一趟超市，买了各种蔬菜水果调料，还有一只晶莹剔透的玻璃碗。回到宿舍她便撸起袖子又洗又切，做出一碗色泽鲜艳的蔬菜水果沙拉。

我瞪大了眼睛看着简陋书桌上的食物，大快朵颐后只觉得小露光芒万丈。她得意地笑着，开始孜孜不倦地教育我，对自己好，是从做饭开始的。不委屈口舌肠胃，才是最根本的不敷衍自己呢。

后来的许多年，我们天南地北地漂着，但隔三岔五地收到她发来的各种养颜养生食谱，银耳莲子羹、红豆薏米汤只是初级的，后来她又鼓捣出了药膳乌鸡、豆浆鲫鱼汤，一张张放在朋友圈里，活色生香。这些汤汤水水对她的回报便是吹弹可破的皮肤和无与伦比的好气色，以及精致优雅的生活。

就如同这一刻，她用精致的骨瓷餐盘盛出了刚刚出锅的鱼，我在那种刺激味蕾的食物诱惑里，也闻出了她灵魂里的香气和芬芳。

认真做饭的人，想必对人生每一个细节都是不肯将就的。不肯将就，才有活出美丽的第一个主观条件，不是吗？

3. 你认真洗菜做饭的样子，就是努力生活的姿态

曾有一条很催泪的新闻，说的是日本一个患癌症的母亲，临终前唯一教会女儿的事情就是做饭。

因为她觉得，会做饭的孩子走到哪儿都能活下去。于是，她的女儿阿花才5岁，便开始扎上围裙学习切菜煮汤了。妈妈去世后，才8岁的阿花已俨然一个烹调达人，将自己和爸爸照顾得井井有条。

看到这条新闻时，Y小姐也想到了自己的妈妈，想起了自己小时候，妈妈耐心地教她怎样才能煮出一锅好吃的白米饭，怎样把不同的肉和菜搭配起来，做出好吃而且营养丰富的饭食。

那时还不懂得母亲的用心之深，Y小姐便玩中带学地明白了

个大概。在别的孩子还沉迷于街头的麻辣烫、烤肉串时，她已经会给自己炒饭、包饺子，在爸妈加班未回的夜晚认真地喂饱自己。得益于饮食上的认真细致，Y小姐的身体一直强健安康，长了1米7的大个子，婀娜多姿风姿绰约。

"一定要好好吃饭啊！"每次离家前，妈妈都会这样嘱咐她，而她每到一个地方，首先添置的便是精致华丽的厨具和餐具，为烹饪与吃饭带来最舒适的心情。

所以，失恋痛苦时、工作不顺时，Y小姐都会关掉手机拔掉网线，一头扎进厨房煮一大锅自己最爱的东西。稀里哗啦哭一场吃一顿，第二天醒来，依旧是一只打不死的小强。精神抖擞地，该干吗就干吗。

因为食物可以治愈悲伤，能够掌控食物的人，自然不会轻易成为情绪的奴隶。你认真洗菜做饭的样子，其实与绞尽脑汁写PPT做方案的样子如出一辙。都是努力生活的姿态啊，都是一个姑娘最美好的模样。

或许你还受着"君子远庖厨"的蛊惑，理想还放置于山川湖海，怎能安心囿于厨房和昼夜？也或许是为了彰显富养长大的傲气，用远离烟火来衬托那份精致小心的昂贵。

要等到千帆过尽，酸甜苦辣尝遍，才想起一份家常的味道，恍然大悟，厨房里忙碌着的身影，其实就是最好的风景，最美的画面。

然后你读懂了那句"人间有味是清欢"，能心甘情愿洗手做羹汤，为自己，为最爱的人，在柴米油盐里修出最接地气也最光芒万丈的美丽。

愿你的纤纤素手，可以弹素琴，也能做羹汤。阳春白雪与烟火凡尘自由切换，活成一个集美貌与厨艺于一身的好姑娘。

那些没被富养
的女孩后来怎样了

1. 勤劳能干而知足常乐的大姑姐

大姑姐打来电话，告诉我们她要去新疆摘棉花。行程三天四夜，坐的是硬座，中途还得转车，横跨几乎一整个中国。我们都心疼，劝她算了。可她爽朗一笑，连声说："没事没事，我和村里好几个人一起去，只是摘棉花，又不累。"

在她眼里，这可能真的算不上什么。30多年来，她带大两个弟弟、一个妹妹，从小就帮着父母割草放牛、洗衣做饭，19岁嫁入邻村即操持家务，又接连养大两个儿子，伺候重病的婆婆。算起来，哪一桩不比摘棉花辛劳？

可我从没听她抱怨过生活，她的苦她的累，都是老公后来慢慢说给我听的。而我想要讨论的是，一个被穷养大的姑娘，还有没有得到圆满人生的可能？

其实大部分的穷养，都是被动选择的。出生时间与出生地点，可能早就注定你以后的十几年将过上怎样的日子。

大姑姐生于80年代早期，出生在云贵交界处，乌蒙山脚下的一个小山村。在她之后，父母又陆陆续续生了三个孩子。

这样的女孩，和富养自然扯不上半毛钱关系。弟弟妹妹未出生时还好一点，但家里孩子一多，父母的精力难免要被分散。加上她是长女，需要承受分担的似乎就会更多。

老公告诉我，姐姐8岁才上学，为的是等着小3岁的他一同入学，便于照顾。那时姐弟俩总是天不亮就爬起来，吃完母亲准备好的简单早饭就匆匆往学校去。

孩子多的农村人家，吃穿都很简单。我没有亲眼见证，但我相信，大姑姐小时候，应该也期待过穿着礼服的洋娃娃，渴望过粉色的蝴蝶结发箍。

那是普天下女孩都做过的梦，只是有些人的梦始终遥远。

80后，其实也是她身上的标签之一，可她身上，从来没有媒体贴上的诸如叛逆、任性之类的标签。当城里的同龄人为上兴趣班苦恼时，她的兴趣是到山上捡野生蘑菇，再走上一个小时山路，去城里卖个好价钱。

2. 烦心事多多的贫民公主

那个时候，我的表姐在几百公里之外的小城里，正为自己没有一个漂亮书包而发愁。

姨妈顶替外公进了厂，因为文化程度低，只能去了单位食堂做饭。后来她嫁了一线工人，生了表姐，在一个仅有20平米的小屋子里生活了近10年。

若是从阶级来划分，他们一家算是城市贫民，在国企改革浪潮还未到来时，生活倒也勉强过得去。然而刚刚赶上单位集资房子，下岗便一阵旋风刮过来。姨父下了岗，全家人的生活就都只能指望姨妈的几百元工资了。

对表姐来说，这意味着本就与周围同学有差距的生活，更加黯淡无光。

富养女儿，其实早就不是新鲜的话题。表姐的闺密们，当时便穿着迪士尼的衣服，上着芭蕾舞班和钢琴课，回到家就有新鲜牛奶和进口提子端上来，一个个被宠得如同公主一般。

可这些，我的表姐都没有！

她的早餐是妈妈煮的酸汤米线，运动鞋不到破了洞不可能买新的，课外活动是守着电视机一遍遍看《还珠格格》。她是个懂事的孩子，内心渴望但从未主动提出要求，然而女儿眼神里不时流露出的委屈和渴望却让父母倍感心酸。

姨妈和姨父知道女儿应该富养却力不从心，便只能从其他方面去弥补，用另一种方式将她宠成公主。他们对她的要求从来都是好好学习改变命运，大小家务一点都不需要沾手，竭尽所能为她创造学习条件。

于是，表姐到了20岁四处打工谋生时，依旧没有洗过一只碗，做过一顿饭。

可表姐的烦心事总是很多。

从儿时没有迪士尼书包，到考不上大学找不到好工作，再到门第低微嫁不进高门大户。穷成了一个诅咒，与她的生活如影相随。她经常抱怨社会的不公，感慨命途不济，却以一个自考学历对工作挑三拣四，所以到了将近30岁当了妈，生活依旧不如意。

3. 孩子就是要打磨的

我的公公婆婆从来不知道什么叫富养。

在他们看来，孩子就是要打磨的。在课堂上学了文化知识，回了家帮着父母烧火做饭天经地义。

衣食住行上，吃得饱穿得暖就已经足够。

至于学习，能考上好学校自然砸锅卖铁都要供，不行也没什么大不了，有田有地，有手有脚，难道还会饿死不成？

大姑姐在这样朴素的育儿观念下长成一个能干的少女，16岁时外出打工，19岁与邻村的姐夫相爱，然后出嫁，做了另一个农家院落的女主人。

你若是问她幸不幸福，她多半回答不了。

但她的确没什么烦恼，姐夫开了一辆货车，进进出出生意不算坏。家里刚刚翻修过房子，家具电器都换了新的。两口子感情很好，有存款、有孩子、有希望，日子就有奔头，即使苦点累点，却都是熠熠生辉闪着光的。

"幸福"是个太抽象的字眼，我们这些所谓受过高等教育的人，总是将"幸福"二字定义得宽广博大，大至家国春秋，小到柴米油盐，无一不是衡量标准。但有一句话或许放之四海而皆准，"心头若无烦心事，便是人生好时节"。

4. 出身贫寒的姑娘要从小正视

与同是被穷养的大姑姐比起来，表姐身上显然被打上了更加深刻的烙印。她说起过童年时的自卑与惶恐，提到自己穿着鞋底几乎裂开的运动鞋上体育课，不敢随便跑随便动。坐在树荫下看着同学们欢快玩耍，感觉自己和她们是两个世界的人。

贫与富、苦与乐形成了强烈对比。在表姐还是个小女孩时，成人世界里的阶层之分，就过早向她揭示了现实的残酷。可她的父母却又用满满的爱营造出了另一座温室，小心翼翼地呵护，给了她自己也可以成为公主的错觉。

对比鲜明的公主病与丫鬟命，才是一生不快乐的根源所在。

家庭条件允许的情况下，富养女孩当然再好不过。女性的优雅与美丽需要富足生活来滋润成全，自小便拥有的明亮生活更容易使她们善良、笃定、从容。对女孩来说，这将终身受益。

但是，让一对挣扎在底层的夫妻来富养孩子不太现实。无论物质还是精神，终日为生活四处奔走的父母，真的很难给予女儿充足的营养。

可穷人也有生儿育女的权利啊。所以，**比讨论富养穷养更值得关注的，应该是如何让孩子正视贫穷，产生战胜贫穷的勇气，获得改变命运的能力。**

我们不赞同穷养女孩，是害怕物质基础向精神领域的逐步渗透，让成长中的女孩变得敏感、自卑，以至于成年后为了追求物质不择手段。但还有一种教育，是让出身贫寒的姑娘从小就懂得自己所处的位置，明白劳动以及努力的意义。然后长成一个普通劳动者，平凡而幸福。

比如，我那位勤劳能干而知足常乐的大姑姐。

灰姑娘的水晶鞋
藏在哪里

1. 灰姑娘怎样得到那双水晶鞋

小学一年级，那个城里来的漂亮老师给我们讲了灰姑娘的故事。

"灰姑娘和王子从此幸福地生活在一起"，老师温柔地念出最后一句，角落里便传来一个细小的声音："怎么才能得到那双水晶鞋呢？"

提问的是林小梅，一个存在感几乎为零的瘦弱小姑娘。但那一天，所有同学的眼光都聚焦到了她身上，打了补丁的外套，脸上显眼的高原红和枯黄的辫子，无一不透着局促。

女教师愣了几秒钟，故事讲过许多次，这个问题还是头一回有人提出。童话的美正在于脱离现实，可是今天，有个小姑娘在刨根问底，她竟无法回答。

林小梅的眼珠转了转，有点不甘似的继续说："现实生活中没有仙女，穿不上水晶鞋，灰姑娘就去不了舞会，怎么办？"

好在下课铃声及时响起，老师解脱一般宣布下课，教室立马开了锅一般喧腾热闹，林小梅那个未得到答案的问题就这样被淹没了下去。

可那个念头在她的心里生根发芽，偶尔她会跟我说："我也想嫁给王子啊，我一定要努力穿上水晶鞋！"

那时，我们都是生活在乡村的贫穷小女孩，童话描绘出的世界，为生活带来了另一种可能。

但仙女永远不会来，南瓜马车水晶鞋，都在遥远的天边。而那里光良还没火起来，还没人告诉我们童话里都是骗人的，所以那些年，林小梅所有的愿望，都是找到那双属于灰姑娘的水晶鞋。

2. 遇不到仙女，也要努力穿上水晶鞋

因为林小梅，就是个典型的灰姑娘。生母病逝、继母嚣张猖狂，新生的弟弟疯狂掠夺着父亲的疼爱和怜惜……

所以她穿着打满补丁的衣服，下课回家忙着喂鸡烧火，承担起了一大半家务，整日灰头土脸。或许谈不上被虐待，但也绝没有被宠爱。

幸福的女孩都拥有相似的幸福，不幸的女孩却有千姿百态的不幸，而林小梅的那种，恰好在灰姑娘身上找到了共鸣。

或许，那是所有穷人家不被重视女儿的共鸣。

后来回忆起那一天，林小梅总是格外感激当时的漂亮老师。因为她在几天后特地把小梅叫到办公室，和蔼可亲地对她说："你好好学习，考上了大学那天，水晶鞋会跟着录取通知书一块儿到来的！"

林小梅将信将疑，但女老师笃定的眼神鼓舞了她。那时她迫不及待想要从冰冷的家庭出逃，可年纪尚幼，总是无计可施。

那天之后，她觉得自己看到了光，也看到了路。

继母和父亲都不鼓励小梅多读书，在20世纪90年代的乡村，多的是小学未读完就仓促辍学的女孩，她们帮着家里操持家务，一两年后外出打工。等年龄到了，又是一袭红妆裹身，匆匆忙忙踏进一生的刀光剑影里去。

所以，当继母试图阻止她上中学时，小梅第一次表现出了惊人的反抗。她绝食抗议逼得父亲软下心来，又独自走了十几个小时，去到几十公里外的外婆家向舅舅求助。

其实那个时候，她已经明白了童话是虚幻的，但也知道了努力是真实的。

毕竟，**不是谁都有幸遇到仙女，但即使如此，也要穿上水晶鞋，努力往更好的地方去。**

3. 她不再是任由继母欺负的灰姑娘了

林小梅的求学不容易，总被家里克扣着生活费，过得紧紧巴巴。

那会儿我们是同学，经常见她到了食堂快关门了才挪去吃饭，偶尔能得到一点剩菜剩汤，她也就凑合着随便打发一餐。

可是三年后，她没能如愿进入高中，在继母的强硬态度逼迫下，她不甘心却又不得不认命地，进了一所师范中专，毕业后回到家乡做了代课的小学教师。工资不高，还要被继母剥削去一大半，生活依旧不如意。

转眼，继母生的小弟也到了上高中的年纪，成绩太低没考上。继母要求小梅拿出一笔钱为弟弟交择校费，态度依旧嚣张，用的是命令的口吻。

这个举动一下子勾起了小梅的新仇旧恨，当时我也放暑假在家，正好目睹了全程。她态度强硬地表示："没门！从今以后，你再也别想从我这里拿走一分钱！"

继母泼妇一般上前扯她的头发，她也不甘示弱，使出吃奶的力气又抓又踢，最后仗着年轻力壮把继母踢倒在地。

我看到她通红的眼睛闪着隐隐的泪光，脸上却透着一股凌厉。那一刻我觉得，她不再是任由继母欺负的灰姑娘了，在王子还没到来前，她学会了保护自己。

我们所处的世界没有童话，从天而降的大多是厄运，而不是王子。

4. 生活在尘埃里的灰姑娘绝不能自暴自弃

和继母闹翻后，林小梅便辞掉工作，一个人跑到广州，赤手空拳打天下。

那时已经是2011年，中专学历明显不够用，没有学历作为敲门砖，她只好做了流水线上的女工。

枯燥和穷困，是她对那段日子的所有记忆。工作是早上7点到晚上7点，中间有一个小时吃饭和休息，回到宿舍瘫倒，只想一闭眼睡到天荒地老。可就在那样的昏昏沉沉里，林小梅依旧一次次告诫自己那不是想要的生活。

生活在尘埃里的灰姑娘，如果自暴自弃就此认命，那就永远都是灰姑娘了。

上班三个月后，厂里要选一个文员，这时林小梅读过的书终于起了作用，她从行政的几十人里脱颖而出，终于进了办公室。

再后来，就是自学考试，大专、专升本，一边工作一边苦读，她在这个熙熙攘攘的陌生城市里，自下而上地努力着，生活单调得千篇一律。然后升职加薪，可走不走得上人生巅峰却不一定。

林小梅的月薪依旧不曾突破五位数，依旧没能买车买房。但即使这样，她也已经心满意足。

因为终于可以不仰人鼻息，不用在深夜里躲在被窝里哭泣。**梦想催生着能力，能力滋养着梦想，这就是努力给予人生的所有意义。**

至少，尊严有了，底气也有了。

5. 灰姑娘修得了一颗女王心

快过年的时候，林小梅也回家了。或许是因为小梅出手阔绰，也或许是她打扮入时，继母的态度缓和了许多，破天荒地头一回地，小梅可以睡到自然醒，无所顾忌地看整天电视。

"有钱能使鬼推磨啊！"小梅过来找我聊天，笑得眉眼弯弯，却掩不住眼神里的厌恶，"我可以不恨她，但永远不会原谅她。"

她脱下脚上的高跟鞋，爬上我的床和我挤在一起，"自己挣钱后，我喜欢买各种各样的高跟鞋，走在广州的繁华街头，每天幻想着自己是奔赴盛大宴会的灰姑娘。"

她奔赴的盛宴其实如同战场，抛头颅洒热血，用自己的双手和头脑，来换取想要的一切。

此时距离我们第一次知道灰姑娘，时间已经过去快20年了。当年那个一脸困惑的小女孩，终于找到了属于自己的那双水晶鞋，但不再是为了遇见王子，而是为了能让自己自由行走于天地间。

王子来不来都无所谓了，因为灰姑娘，已修得一颗女王心。

被两个字毁了一生的女孩

小梅从小就是个美人坯子。

这一点从她母亲身上就能看出来。

小梅的母亲喜欢涂脂抹粉，一张细长的脸上红是红白是白，走起路来腰肢轻摇、顾盼生辉，在一群粗糙的农妇里颇有些鹤立鸡群的味道。也难怪，这个女人是从不下地干活的，也从不喂鸡养猪，不过做做饭、洗洗衣服，一双手和脸于是都保养得白白嫩嫩，再加上些胭脂水粉点缀，不美也是美了。

从童年便浸泡在这样的脂浓粉香里的小梅，耳濡目染之下，自然也生出类似的旖旎风光，举手投足间尽得其母亲的真传。

小梅的父亲是个憨厚老实的庄稼汉，整日忙于田间地头，用勤劳的双手为那母女俩挣来华服美食。尽管很辛苦，但看着如花似玉的老婆和女儿，他就觉得一切都是值得的。

美丽的女孩，生活通常是不平静的。小学三年级起，便已经有高年级的男生给小梅写情书了，那些读起来令人心跳又甜蜜的语句似乎有着勾人心魄的力量，让小梅辗转反侧难以平静。

渐渐地，这些事情传到了父母耳朵里，父亲生了气，告诫小梅不许理那些人，要好好学习天天向上。母亲却露出一丝自豪的神色，在她看来，女儿的魅力是青出于蓝而胜于蓝，以后必然能嫁一个富贵人家，了却她那个飞上枝头的心愿。

刚刚上了中学，小梅便出落得亭亭玉立、落落大方，和男生们总是谈笑风生，眉目都生动得仿佛会说话。男孩们都宠着她、捧着她，真如众星捧月一般风光无二。

本就学习成绩不佳的小梅更无心向学了，和吃烧烤、逛大街、泡KTV相比，校园生活乏味得令人无法忍受，她爱流光溢彩、歌舞升平的繁华迷醉，也只有那样的风景，才衬得起她的貌美如花。

后来，一个号称辉哥的男人走进了她的生活。辉哥的父亲是全镇最早开始手机生意的老板之一，殷实的家境吸引了无数姑娘的目光，可辉哥只看上了小梅。

在其他小伙伴还坐在教室里卖力学着ABC的时候，小梅正在辉哥的摩托车后座上笑靥如花，乡间的清风吹过她的发丝，拂过她的脸庞，渲染着她生命里花红柳绿的春天。

小梅很快退了学，跟着辉哥开始了夜夜笙歌的好日子。他送过她许多礼物，衣服鞋袜，香水鲜花，宝石首饰，小梅理直气壮地一一笑纳。

很小的时候，她知道自己的美丽能得到隔壁大哥哥给的糖果；上学时撒个娇、笑一笑可以换来男生们为她擦黑板、做值日；后来总有男生因为她是个漂亮女孩愿意为她的吃喝玩乐买单；而现在，她靠着容貌能得到一切想要的……

任何时候，美女都是吃香的，除了力气与智慧，美貌何尝不是生产力？

对她的退学，父亲颇有微词，却架不住母亲欢天喜地要将女儿嫁给辉哥，便就这么默认了下来。

如果不是那趟省城之旅，也许小梅会顺水推舟和辉哥结婚，做一个乡镇上穿金戴银、以搓麻将为生的阔太太。但那一次和辉哥去省城，她看见了更繁华、更风光、更让人沉醉的风景，那满大街的名牌时装，那商场里看不尽的专柜化妆品，那模特展示着的珠宝玉器……都是小镇、小县城无法相比的。她望着城市的璀璨灯火，忽然发现只有这样的地方才能够盛住自己的梦想。

　　天生丽质难自弃。

　　小梅没读过白居易的诗，但心气是和倾国倾城之人一样高的。于是她自然而然地甩了辉哥，不顾一切地朝着那片灯红酒绿扎了进去。

　　年轻的小梅没文凭、没经验，又不愿吃苦受累，还想着挣多多的钱。那么，适合她的工作，就只有KTV里的陪侍了。

　　她做得很开心，省城的KTV金碧辉煌，灯光暧昧而温暖地在大理石地板上投射出五光十色的光圈，那光圈流动着旋转着，让初见世面的小梅感到一种头晕目眩的幸福。她见到了更多种类的男人，挥金如土的暴发户、城府深沉的商界精英、儒雅英俊的知识分子……她端着酒杯斜靠在他们身旁，时不时收放自如地说一两句恭维话。有些人似乎天生适于某种工作，而小梅，在那片衣香鬓影里如鱼得水。

　　小梅不记得自己是何时走上那条路的，大概也只是水到渠成的自然而然，所以她并没有觉得羞耻或不安。也有可能，是那些厚厚的钞票安慰并激励了她。

　　她在一年后离开省城去了D市，是同行的姐妹介绍的。听说在那儿能挣到更多的钱。

　　果然，D城拥有更豪华的娱乐会所，有出手更大方的客人，自然，也有更多金钱能带来的享受与满足。小梅迅速蜕变为真正的欢场女子，年轻的脸浓妆艳抹，丝袜与短裙包裹住一层一层的欲望。她的一双眸子已修炼得媚眼如丝，缠缠绵绵的，勾着人的心。

当大笔大笔的汇款来到小梅父母手里时，父亲开始忧心忡忡，母亲却是喜笑颜开的，她用这些钱为自己添置了更多华丽的首饰衣装，用更多的脂粉遮住了眼角的皱纹。

姐妹们聚在一起时，也会谈起对未来的打算。小梅也随大流，希望赚够了钱可以找一个好男人嫁掉。这么说着，大家就提起了杜十娘怒沉百宝箱的故事。也许是因为同病相怜，姐妹们竟都有点黯然神伤。靠在沙发上的小梅缓缓吐出一个个烟圈，心里浮起几分惆怅。不知不觉已经过了好几年，听说，辉哥继承父业，将手机店开成了数码城，他的儿子大概已经会打酱油了。而能救赎她的良人，还有出现的可能吗？

某一个清晨，小梅发现自己的身体出现了异样，她听过太多相关传闻，顿时惊慌失措起来，马上跌跌撞撞地去了医院。虽然早就听过HIV这个词，也明白自己属于艾滋病高发人群，但小梅还是存了几分侥幸，她总觉得自己会是那个例外。所以，当白纸黑字的化验结果就在面前时，她忍不住号啕大哭起来。

但哭了一场后，生活还是要继续。小梅没读过多少书，从没思考过生与死的意义，也不在乎人生价值实现与否，因此那悲伤看起来也肤浅得很。她唯一舍不得放不下的，大概只是这个花花世界。

当生命即将开始倒计时的时候，小梅开始回忆自己的20多年光阴。她曾以为自己最爱烈火烹油的热闹，但最后总回忆起的，却是童年时代的乡间小道，幼年的她牵着父亲的衣角走在芳草萋萋的田埂上，左手边是盛开的莲花，右手边是青青的稻田。

天那么蓝，河边传来妇女们浆洗间的谈笑声。

妈妈总是说，农村的日子真苦啊，长得这么美，应该是享福的命呀，为什么呢？

是啊，为什么呢？

虽然很怀念家乡，小梅却再也没回去。故乡在此刻已遥远得仿佛前世的回忆，她依然在这城市过着浑浑噩噩的日子，既然都这样了，再回头还有什么用？不如今朝有酒今朝醉，明日的愁，就明日再说吧。

颜值不够，
拿什么来凑？

1. 容貌上一个耀眼的焦点，足以掩盖其余缺点

我有个长得不太好看的朋友A。

她是天生的大饼脸、小眼睛，鼻子不挺，嘴唇却很厚，不协调的五官突兀地分布在脸上。要命的是，她身材壮硕，走起路来有种虎背熊腰即视感。

小时候不懂事，也曾跟着小伙伴们嘲笑过她。可年初的一次同学聚会，她却让我们惊艳无比。

当然，这份惊艳并非来自容貌，而是一种由内而外散发出的气场，将现在的她与记忆里的她完完全全分割为两个人。

其实她只是明显地瘦了，五官变化并不大。脸依旧像个大圆盘，但粉底腮红的巧妙作用将这种扁平衬出了立体感，于是它成就了一种大气与明亮交织着的惊艳。还有我说不出色号的口红，恰到好处地与厚唇融合着，看上去性感极了。

她闲闲地靠在沙发上，浅笑着看唱歌的我们。KTV里的五彩灯光打在她的脸上，不漂亮，但有种摄人心魄的魅力。

漂亮和美，并不是一回事。但很多时候，我们都误会了。

我加了她的微信，羞答答问起她的变美秘籍，她爽快发过来四个字：扬长避短。

A并不苗条，但身材丰满。意识到这一点后，她便痛下苦心减肥，将腹部、腿部的肥肉通通去掉，得到了一个身材曼妙的自己。在好身材的激励下，A又花钱学了化妆，在专业人士的指导下熟悉掌握了各式化妆品的功效，最终定下了最适合自己的粉饼、口红和眼影。

适合你的，才能充分凸显你的美丽。懂得这个黄金法则之后，A在变美的道路上就像开了挂，她的每一身衣服，都竭尽所能地显示着她的大长腿与傲人上围，让人不由得忽视了她的肤色不够白，眼睛不够大……

有时候，**一个耀眼的焦点，便足以掩盖你在容貌上的其余缺点。**

2. 心灵得到的滋养会慢慢反馈在你的脸上

小时候看电视剧，小芳最喜欢看古装美女，纤纤素手在琴弦上翻飞，叮叮咚咚的曲子她听不懂，但觉得那个画面隽永美好。而抚琴的女子身上好像有光芒，将一张素脸衬得熠熠生辉。

小芳想学琴，可村里压根就没这东西。她和小伙伴们一样，学的是割草放牛，一张小脸晒得黑里透红，黑瘦的双手可能还开着裂。风霜雨雪和烈日把她的面目塑造得如同她的名字一样，乡气而粗糙。

当然是与漂亮无关的，而小芳眼中的美女，便是纤手素琴浅笑动人的模样。可在人生的前20年里，她并没有机会接触任何乐器。她只能忙着读书、帮着干活、忙着走出乡村。

中学时偶然读到一句"腹有诗书气自华"，小芳若有所思，便找了许多古诗古曲来读，用静默的文字来替代声音，以此进行自我熏陶。这一读，似乎就再也放不下了，**那些句子穿越了时空来和她相遇，一点点渗入灵魂，渐渐抹去她脸上的愚钝，改善着她的整体形象。**

当小芳终于有机会学习古筝时，时间已经过了好几年。而她，早已完成高等教育，长成满腹经纶的古典式才女，谈话时口吐莲花妙语连珠，一颦一笑都像是仕女画里走出的翩翩素女，气质超然。

刻苦学习了将近两年，有了琴艺傍身后，小芳的清雅气质自然是锦上添花。当她一袭白裙独坐，演奏进入无人之境时，从前的土气与粗糙都无声溶解在了涓涓琴音里。

这大概就是为什么，得以"才女"头衔加诸的女孩总会格外清丽动人。**读书学习，心灵得到的滋养会慢慢反馈在你的脸上，这就是所谓的相由心生。**

因为，气质才是女孩最好的美容剂和化妆品。而气质，大多来源于后天的学习培养。在培养气质的各种方法里，又以读书最经济简便。

3. 因为我们的眼睛，会受到心情的蛊惑

刚刚认识娇娇的人，都会被吓一跳，因为那张国字脸和浓眉大眼透着浓浓的阳刚气息，实在不符合大众对女孩的审美需求，与她的名字形成鲜明反差。

那时，李宇春刚刚参加《超级女声》，争议声此起彼伏，正像同学们对娇娇的态度，毁誉参半。娇娇在隔壁班，我跟她不熟，只是听同学们提起她，总会用上"不男不女"这样的形容词。

年少时我们惯会以貌取人的，尤其是对女孩，一张不够娇美的脸，足以让她黯然整个青春期。

可娇娇慢慢成为一个例外，到了高二时，她已经成为大部分男生的好兄弟，也扮演着姑娘们的好姐妹，和大家打成一片。同学们的评价自然也变了风向，提起她时会说："娇娇为人特别好，爽朗又热情。"

后来搬了宿舍，我跟她成为了跨班组合的室友，才发现她是个特别爱笑的姑娘，从不吝啬分享自己的CD和零食，对别人的非议也总一笑了之。

某次我胃疼到死去活来，娇娇请假背我赶到医务室，又忙前忙后照顾，还不时讲个笑话逗我开心。那一刻我觉得她将是我永远的好朋友，也忽然意识到，**人们不会拒绝一个真诚的笑容，也不会真的厌恶一个貌丑心美的女孩**。好脾气好性情的姑娘，即使没有美貌"加持"，也会有人缘护身。

几年中，李宇春火得一发不可收，中性风渐成燎原之势。走进大学后的娇娇也遇到了懂得欣赏她、爱护她的男孩，两人甜甜蜜蜜，拍了中性十足的婚纱照，帅到一塌糊涂。

飞扬跋扈的漂亮姑娘和热情大度的普通女孩，乍一看是前者受欢迎，但时间久了，其内在的人格魅力会促使人们做出第二次选择。

有时候一个笑容，便可让你拥有花容月貌，因为我们的眼睛，会受到心情的蛊惑。

4. 美貌并不是女性唯一的资本

我从前的上司H女士，很胖很饱满，绝对算不上世俗眼光里的美人儿。但她不管走到哪里，都会瞬间成为人群里的焦点。

为什么呢？因为她有一份强大的气场和威严，已经秒杀完了周围的莺莺燕燕。

这是岁月和经历积淀下的，也是努力和奋斗积攒来的。**这个世界，也许真的会对不好看的人报有恶意，但当你的能力与才智转换成为价值，整个世界都会对你另眼相看，包括你的外貌。**

可这依旧是个看脸的时代，一张俏脸就能弥补许多不足，漂亮的女孩在社会里似乎也格外如鱼得水，注定会省去一些艰辛。美貌是上天的恩赐，这虽不是真理，却也特别有道理。

然而，天生丽质的姑娘毕竟是少数，大部分普通如你我的女孩，容貌不上不下，身材不好不坏，大写的平淡无奇。

但我依旧希望你明白美貌并不是女性唯一的资本。**作为一个姿色平平的女孩，你更该知道的，是在颜值之外，还可以仰仗着哪些东西，来让自己更美丽。**

比如气质、能力、衣品、身材、性情，甚至一个微笑。

我们不怕比自己漂亮的人努力，怕的是自己永远不努力。**因为总有一天，你的外在，将会附上努力雕琢过的痕迹。**

在婚姻的白开水里
撒一把糖

1. 守护婚姻，需要一点原则基础上的心机

聊斋里有个故事叫《恒娘》，堪称两性宝典。

它说的是一户姓洪的人家，一妻一妾，妻甚美，男人却近妾而疏妻。妻子朱氏愤愤不平，反而将丈夫推得越来越远。

后来他们搬家，邻居狄家也是一妻一妾，妻中人之姿，妾年轻美貌，但男人近妻而远妾。

朱氏上门讨教，于是狄家的夫人恒娘为她出谋划策，制订了一个完整周密的夺夫计划，成功把洪大业的人和心都拉回了朱氏身边。

她们是怎么做的呢？

第一步，朱氏主动将小妾宝带打扮一新送到丈夫床上，自己却一再拒绝同房，从而赢得了贤名。

第二步，朱氏粗布麻衣不施粉黛，包揽全部家务，看不下去的洪大业派小妾来帮忙，但被朱氏拒绝。

第三步，上元节时朱氏装饰一新与恒娘一起去看花灯，归来

后在丈夫面前惊鸿一瞥，就回房锁门，坚决不肯放丈夫进门。第二天也如此，第三天丈夫早早跑到了她的房里……

第四步，相形见绌的小妾宝带失宠，口出恶言，导致洪大业厌恶，心灰意冷的小妾蓬头垢面不事梳洗，最终被赶出家门。

朱氏如愿以偿，和恒娘日渐交好，直到恒娘有事离去，才知道她是一个狐仙。

难怪她深谙人性，却不沦陷其中。

风情万种而又善解人意的狐狸精，大概就是修炼到极致的女性模样。而具体到感情世界的博弈和攻守里，也无非"心机"二字。

带着点狐狸式的奸诈，不为将男人玩弄于股掌，但求琴瑟和谐、一世安宁。爱情或许能够单纯如白纸，守护婚姻，却需要一点原则基础上的心机。

2. 在婚姻的白开水里悄悄撒一把糖

那位先前被丈夫厌烦的朱氏，倒真有点像张爱玲笔下的蚊子血。

也曾美丽妖娆，也曾娇艳欲滴，红玫瑰身姿摇曳撩人心弦。然而多少动人都被生活里的鸡毛蒜皮尽数磨去。婚后三五年，便只能沦为蚊子血一般的存在。

这样的女人很常见，身边有位姓安的大姐就是其中之一。她是朋友的姐姐，某次逛街途中巧遇，我们便就近找了家小店坐下闲聊。

一坐下就说起丈夫，安姐的脸色很不好看，口中念叨着他回家越来越晚，面前一杯清茶热气袅袅，可她表情黯然，仿佛下一秒钟就会掉下眼泪来。

我跟她不熟，只从她愤慨的语句里将故事拼凑出一个大概。无非是青年时代的两情缱绻催生出的姻缘，和大部分的柴米油盐夫妻一样，日子泡在烟火缭绕里，久而久之生了厌。

刚过四十的男人蠢蠢欲动，女人没辙，哭闹用尽，婚姻却只剩下一个空荡荡的壳儿。

我悄悄观察她的衣饰面容，素面朝天，衣服也是规规矩矩的款式和颜色。和她的生活倒是极呼应的，她说："越想越觉得日子没劲儿，上班下班做饭看电视，淡得像水。可话又说回来，过日子不就是这样？"

言语里自然是对男人的责怪了，贪恋花花世界，不懂得平淡是真。

一个绝对的贤妻良母，多少是有点乏味的。

虽然我们总被教育，在婚姻里要甘于平淡，可这是漫长的一生啊，即使淡如白水，我也希望你能往里面悄悄撒一把糖。

这把糖，或许是更换造型让他眼前一亮；或许是博览群书时时抛出新话题；或许是欲拒还迎，吊足他的胃口……

女人那些未曾宣之于口的小伎俩和小阴谋，其实不是完全没有可取之处。那是爱情的保鲜剂，凝聚着她对那个男人所有的爱恋和期待，也满满安放着她对这段感情的重视和珍惜。

那些始终不凋零的红玫瑰白玫瑰，一定是会在婚姻中花了许多心思的。

3. 女人是要有点小心机的

我心目中的红玫瑰，是中学时的一位音乐老师，老师姓胡，将近50的年纪，依旧千娇百媚，人如其姓。因此，也有人在背后将她叫作狐狸精。

她的丈夫是镇上的医院院长，平素不苟言笑，只有面对着自己的妻子时，那张长长的马脸才会极尽柔和，笑开的每个褶子里都荡漾着爱意。

可关于胡老师的风言风语总是很多，方圆不过两三公里的小镇，一直流传着她的绮丽传说。

据说她每天都会和丈夫说一句我爱你，千方百计找卖米线的段奶奶拜师学炒牛肉酱，每月一次抛下丈夫和孩子独自外出散心，甚至有人议论她买过情趣内衣，极尽诱惑之能事……

在小镇的人妻群里，胡老师是个异类，是大婶大妈们八卦闲聊的谈资，她们嘲笑她作，讽刺她是狐媚子。但她们集体的艳羡之情，却是掩盖不了的。

毕竟，夫妻恩爱是摆在那里的。而丈夫的宠爱，才是一个女人最可炫耀的资本，以及保持年轻美丽的窍门。

胡老师偶尔也在课堂上提起自己的家庭，对着一众青春少女，她说："女人是要有点小心机的，用在人际关系里是润滑油，用在婚姻关系里则是保鲜剂。"

而我们，也正是那个时候从她口中得知恒娘的故事，不费一兵一卒，也没有残害小妾，用心安理得的方式收回一个男人的心，靠的不是宫斗剧里的你死我活，而是小女子的狡猾和温柔。

心机这种东西，玩得好，便可锦上添花，也让生活多一些期待。这样说来，做一只带着点奸诈的漂亮狐狸，又有什么不好？

一个结婚20多年依旧能天天说我爱你，时时让丈夫有惊喜的女人，肯定是不可能变成蚊子血的啊！

4. 结婚是修成正果，更是另一个开始

我们总以为结了婚就算修成正果，殊不知一个结局，正好就

是另一个开始。

生活的样子，本就不像爱情里的花好月圆，那些衣食住行、吃喝拉撒，哪一样都足以让你焦头烂额。

《红楼梦》中，贾宝玉说女孩未婚时是珍宝，婚后就变成了死鱼眼，水做的骨肉生生搅成一摊烂泥，望之生厌。

这是表象，而张爱玲给出了答案：

"娶了红玫瑰，久而久之，红的变了墙上的一抹蚊子血，白的还是'床前明月光'；娶了白玫瑰，白的便是衣服上沾的一粒饭黏子，红的却是心口上一颗朱砂痣。"

是光阴的摧残，生活的磨砺，将曾经海誓山盟的两个人，也化作相看两厌，尘世里的饮食男女，大多逃不了这一劫。

可事实上，男人们怀念着的那颗朱砂痣，其实也可能早就在某一个屋檐下沦落为了蚊子血，只是他不知道也不相信罢了。

而像胡老师这样的女人，早已洞悉人性、活成了精，她们肯花心思，将自己置于生活的大熔炉，在人间烟火里勤修苦练，修一张美人皮，炼一颗玲珑心，始终游刃有余。

所谓的修炼秘籍、美丽宝典，大概可以用胡老师当年的几句口头禅来概括：

不放弃外貌，保持温柔，保证独立，必要时撒点小谎，偶尔作一作，不时闹一闹。

蚊子血与朱砂痣，距离也不过"修炼"二字。

嫁得好的真正定义

我身边嫁得最好的姑娘叫丽华，和历史上的祸水红颜同名，但没长一张倾国倾城的脸，不过也嫁了一个海归精英男，一跃成为阔太太。

我们认为她嫁得好，倒不是婆家财大势大，灰姑娘嫁给王子的故事能够满足小女孩的幻想，却不足以安抚已经长大的我们。**嫁得好的定义是，婚姻能让姑娘们变成一个更美丽、更美好、更强大的自己。**

丽华的婚姻，刚好就是这样。

1. 一个憨厚又一根筋的女孩

初一那年认识丽华，她在自我介绍时唱了一首歌，认认真真地说了她的愿望："我希望自己三年后可以考进一中。"

同学们都笑得有点不厚道，因为这样的愿望普通到根本没有说出口的必要。她似乎有点窘迫，讪讪地笑着坐了下来。

接下来，我和她做了六年同学，从初一到高三。这个略微憨厚的女孩带着些一根筋的执着，目标定得不太大，但都不算太简单，其中有一个是半小时内背完元素周期表。

那天是周一，她在升旗时念念有词，吃完早餐便宣布大功告成，我们不信，颠来倒去地考她，她得意扬扬地笑着，始终对答如流。

丽华读书是下了苦功夫的，虽然家庭条件不算太差，她还是在课本扉页认认真真写了"书山有路勤为径，学海无涯苦作舟"作为信条。

"我想要考个好大学呀！"这是丽华的口头禅，其实也是我们所有人的心愿。当时年纪小，不知道上大学好在哪里，但就是有种莫名其妙的感召。后来读到"近朱者赤，近墨者黑"，才恍然大悟，原来通往高处的路，经过更高层次的圈子，得益于更宽阔的平台。

丽华的一根筋在某些程度上弥补了她那稍显迟钝的领悟力，因此也考进了一所211院校，从边远小镇去到沿海都市，打开了视野，那些浮于表面的乡村粗糙气也被渐渐抹去。

但是嫁人还太遥远，丽华的小目标是先让自己白起来。

2. 拿回一些掌握命运的主动权

被高原上强烈的紫外线晒了18年，平时也疏于护肤美容的丽华，忽然置身于一群白嫩妹子中，自卑感排山倒海而来。

查了资料才知道，一个人能到达的最白色度是大腿内侧的颜色，洗澡时丽华悄悄看了一眼，内心乐开花，嗯，原来自己有变白的潜力。

那天之后的丽华抛弃了所有短袖衬衫和短裤，将自己包裹得严严实实，强行戒了麻辣零食，菜单里也加入了番茄炒鸡蛋，最后还花了好几百大洋，从日本直邮了口碑棒棒的防晒霜。

到了寒假聚会时，我们险些没认出她来，一头长卷发配着白皙脸蛋，和曾经的小土妞判若两人。男生们争着献殷勤，她依旧笑，但憨厚变成了平淡，透着一股云淡风轻。

都说一白遮百丑，可白只是一个结果，变白过程里的那些坚持和自律才是改变人生的原动力。所以我们都说，能变美的姑娘运气不会太差。

丽华的大学四年确实运气爆棚，奖学金拿了、演讲比赛参加了、情书也收到了，但一直没有真正开始谈恋爱，因为她忙着考研。

丽华是医学生，本科毕业只能去一个小县城，从门诊医生熬起，一辈子最大的成就也许就是做到科室主任。丽华说，我不想要那样的人生。

命运是什么？她用了村上春树的一句话来描述，**所谓的命运不过是一个人的生理、心理、情感、性格等因素影响下所造成的一个人的种种行动的最终结果。由于这些因素都是人为可改变的，所以不管怎么说，命运还是掌握在自己手里的。**

读研不是捷径，但可以扩大选择范围，把掌握命运的主动权拿回一部分。

很久后她依旧无比庆幸自己当时的决定，因为她在读研期间，遇见一生所爱。

3. 嫁得好的前提，永远是干得好

人生初见是在导师的茶会，人不算太少，导师的朋友也带着朋友，围坐着圆桌聊天。

导师提起一个惶恐不可终日的病患，丽华接过了话："达摩克利斯之剑。"众人皆茫然，一个衣着考究的年轻男子却会心一笑，对丽华轻轻点头，她也一笑："希腊神话里的一个典故，就

是时刻存在的危机意识。"

那一份明眸皓齿的灿烂模样忽然就入了林先生的眼，恰巧那天下着雪，他便就着景致夸了一句："谢家的妹妹也不过如此吧？"

捧得有些过了，丽华红了脸，显然也听明白了他在说什么。有的人，三两句话一说，便已知对方是知己。那些听似暗语的话，其实正隐藏着走过的路，读过的书。

林先生通过导师拿到了丽华的电话，聚会散后便郑重其事地自我介绍，姓林，30多岁，商科出身，留美博士，目前是银行高管。

丽华的心也有些荡漾，那个磁性的男低音响在耳畔，却产生一种莫名的春风拂面感，于是就赴了他的约，内心也荡漾着莫名的欣喜。

地点定在一家高级会所，藏在繁华深处的寻常小巷里，开门却是中式的庭院深深，茶桌摆在窗前，窗外梅花正开，林先生边走边说："近几年迷上了喝茶，不知你是否喜欢。"

丽华莞尔一笑："寒夜客来茶当酒，竹炉汤沸火初红。"其实她有点怯场，心底里终究还是个未见过世面的姑娘。林先生好像看出了她遮掩着的窘迫，便换了话题，说起学生时代的趣事。

礼物也是临别时才拿出来的，小小的一瓶香水，传说中的香奈儿五号。丽华把它放在手心把玩，回忆着林先生的一言一行，倒的确是个儒雅有魅力的男人，只是当下的自己，恐怕还配不上这样的他。

那些耳熟能详的故事里，总是朴实纯真的学生妹吃了亏，多金男人挥一挥衣袖，带走她的一片心，却留不下一丁点温情。

势均力敌的意思是，要长成他身边的木棉，以树的形象和他站在一起。对出身尘埃的女孩来说，嫁得好的前提，永远是干得好。

4. 不仅仅是为了配得上自己欣赏的男人

这次丽华定的是大目标，要成为一个集美貌与才干于一身的女子，但不仅仅是为了配得上自己欣赏的男人。

与林先生的交往渐渐打开了新世界的大门，他带她去听交响乐、看画展、欣赏最纯正的京剧，都是她之前人生里从未经历过的事情，和她从前的生活隔着十万八千里。

钱是个好东西，文化和修养更是个好东西，和两者兼备的男人在一起，资质再平庸的女孩也能得到润物细无声的滋养。这是人生最强大的助力之一，因为它不出于钱色交易，而源自相互吸引。

问题是，怎样遇到这样的男人？怎样让他爱上你？

无数女孩做着遇见钻石王老五的梦，但不是所有人都能走到相遇那一步，那需要运气与机缘，而机缘大部分时候来源于你的圈子，你的平台。

丽华在某个学习古筝的午后忽然想明白这个道理，林先生刚刚暗示过会马上带她见父母，将结婚大事提上日程。

那时她已经在一家三甲医院上班，做的是中医美容，正是自己热爱的工作，重要的是工资不低、平台足够大。博士考试也在紧锣密鼓的准备中，踏上高跟鞋化好妆，没人看得出她在泥土的芬芳里长大。

但真正抹去那些粗糙的，并不是昂贵的化妆品。只有丽华自己才知道，她在实验室度过了多少个日日夜夜，为了写好一篇论文怎样费尽心思。

优质的爱情，都是始于颜值，陷于才华，终于人品。

5. 亲手改变命运的能力

林先生的父母和丽华想象中的不太像，她本以为那是个大富大贵之家，不料却是普通单元楼里的普通住房，装修亦不繁琐，但随处可见的精致物件表明了这不是普通人家。

丽华准备的礼物是亲手画的一幅荷花，算不上名贵礼物，但林先生的父亲连说三个好，显然已从画中窥见面前女孩的一丝灵气。

这些年，丽华真的学了很多东西，国画、古筝甚至厨艺，但都浅尝辄止。不求精通，只为了点缀烟火生活的平淡无味。

她的大部分精力依旧放在专业知识的深造里，所以当林先生对母亲介绍说"丽华是专业的中医美容顾问"时，她看见未来婆婆的眼睛亮了起来。

老夫妻做了一辈子的教授，明白英雄不问出处的道理，在亲眼见过温和美丽的姑娘后，也就默许了两个人的婚事。

看似波澜不惊，实则跋涉万里。从小镇姑娘到书香世家，丽华走了将近20年。

婚礼那天我也在，听到她的公公致辞说："丽华嫁进我们家，可能要辛苦了……"仅是开场第一句，便引来现场许多姑娘泪崩，嫁进这样的家庭，日子肯定不会差。

事实也证实了我们的猜想，婚后三个月丽华考上了博士，公婆不催着要孩子，老公也不急着要她料理家务，他们比她更明白知识和前进的意义。

林家的儿媳，渐渐融进了他们那个高知圈子，谈笑有鸿儒的那种，这场婚姻带给她的，原来远远不止一个丈夫那么简单。

　　而现在的丽华，终于做到了脱胎换骨。

　　事实上，**能够靠着结婚改变命运的女人，本就有能力亲手改变命运，婚姻只是其中一种途径，而她刚好遇到。**

姑娘，
你真的敢让他养一辈子吗

当高先生支持我辞职回家做全职太太时，我欢呼雀跃起来，为终于找到了那个能将我收藏、将我妥置安放的男人而激动不已。

时代在变，女权运动也轰轰烈烈地推进了100多年，可在大部分姑娘心里，男人的一句"我养你"仍然能使她们的虚荣心得到极大的满足。因为那至少说明，他愿意对你的人生承担起所有的责任。当时，我也是这么认为的。

辞职的头一个星期，我的日子过得快活似神仙。比起上班时的早起晚睡与看人脸色，每天睡到自然醒，养花烹饪的岁月静好，正是我对生活的全部向往。

我办了健身卡、报了古筝学习班，日程安排得满满当当，一门心思要把自己打造成优雅美丽又贤淑的新时代好太太。

许多人对我的选择不解，尤其是我的妈妈。她总是忧心忡忡地看着我，唯恐高先生一个不开心，就像扔垃圾一样把我轻轻松松地抛开。多年的婚姻生活使她了然工作对于女人的重要意义，那是刚刚步入围城的我还不能明白的。我看见的，只是眼前的舒适与安逸。

阳光照到床头，从美梦中醒来，高先生已经上班去了。不用出门，刷牙洗脸、换衣服、化妆自然全都免了，窝在沙发里看看肥皂剧。10点左右出门买菜，在睡衣外草草套上一件风衣，穿着拖鞋就去附近的市场买菜，荤素瓜果细细搭配，做出来一桌子红红绿绿的饭菜，看着赏心悦目，只为了等待那个在外辛苦打拼的男人回来享用。

高先生对我的贤惠能干自然也赞誉有加，可他并不能保证每天准时回家吃饭，我一个人守着渐渐凉了的饭菜，渐渐就有了许多小情绪，尤其是他在外应酬喝得酩酊大醉回来的时候。

第一次争吵发生在他忽然接到一个电话之后，当时我正挥舞着锅铲做红烧肉，他抱歉地告诉我某老板的饭局请他过去。我一愣，问他什么时候回来，他犹豫了一下说可能得半夜吧。我一听就不乐意了，丢下锅铲嚷起来："我一个人在家待了一整天，你也不陪陪我，就知道出去瞎混！"

他一看我一副不通情达理的样子，火气也上来了："你以为我喜欢去喝酒吗？还不是为了你？为了这个家？"这句话戳中了我的痛点，我怔了怔，眼泪哗地一下流了下来。他低下头，却没说什么，最后还是推开门扬长而去。我含着眼泪慢慢坐下来，电视里热热闹闹地演着一幕幕欢乐悲忧，我却只感到彻头彻尾的孤独。

我本以为，辞职后能有更多的时间安排自己的生活，想不到的是失去了工作的激励，人会一天比一天懒。懒到不想出门，不想梳洗打扮，整个人渐渐失去精气神……

一切都被这个空荡荡的屋子圈住了，先前设想过的所有丰富生活都变成了一个完完全全的笑话。我不再去健身房，对刚刚学习的古筝也全然失去了兴趣，连逛街血拼都不再能使我兴奋起来。因为我的生活里，只剩下了一个男人……

其实，家庭主妇最可怕的境地并不是失去财政大权，而是**彻头彻尾的失去自我，像菟丝花一样将自己环绕在男人身上。**从此，你的活动范围只限于家和超市，喜怒哀乐都由他决定，**格局于是越变越小，曾经的骄傲与明媚都会被嫉妒和小心眼慢慢取代。**

到了那一步，你就由一个大好青年彻底沦为深闺怨妇。

当我第N次蓬头垢面咆哮着怪他回家了也只顾着玩游戏不陪我的时候，他皱着眉建议"你还是找个工作吧。"我哭得更歇斯底里了，感觉自己成了负累，而他厌倦了我，急着要甩掉这个包袱。

他哭笑不得，慢慢安抚着情绪激动的我："我只是不想看到从前自信美丽的你变成一个怨妇，我爱你，任何时候都不会改变。"我慢慢停止了哭泣，心里最不愿面对的那个念头猛地跳了出来。那一刻，我忽然发现，自己没有收入，没有任何情感寄托。离开他，确实会活得艰辛无比。这一点，大概才是我大哭大闹的根本原因所在。

幡然醒悟！

第二天我便开始投简历，一周后重回职场，再次成为蹬着高跟鞋昂首挺胸的自信姑娘。

后来，我读到了亦舒的《我的前半生》，不由得庆幸自己早早看清一切跳脱牢笼，而不是等十几二十年的光阴蹉跎。当然，独立自强这种事任何时候都不算晚，但是，早醒悟总归是好的。

上班以后，我的作息开始规律起来，朋友圈不断加入新人。下班后的逛街、喝茶、看电影都有了新去处，生活再次多姿多彩起来。

虽然有点累，虽然不能随心所欲，但我觉得自己正在成长为《致橡树》里的木棉树，以树的形象和他站在一起，仿佛永远分离，却又终生相依。

第四章

好的爱情，必然能成就更完整的你

找一个合适的人

相伴最重要

我再也没
那样喜欢过一个人

1. 我的后桌是个有趣的男孩

每年有两个日子，是我和阿树的固定联系日，他的生日，以及我的生日。

我们的对话通常只有六个字：

"生日快乐！"

"谢谢。"

对啊，就像刘若英和古天乐演的那部电影一样，只有收到那四个字，这个生日才算过圆满了。而此外的任何一个节日，包括春节、元旦，我们都不会给对方发送只字片语。

毕竟，这句生日快乐，是从16岁就持续到了今天的。

似乎许多故事都开始于16岁，郭襄16岁遇见杨过而误了终身，我和阿树，也是16岁那年认识的。

我固执地认为，是他先撩了我。

高一那年，我是班上的生活委员，管家婆似的统领着卫生、后勤各类琐碎事。

放假前一天，我到教室检查，看窗门是否关锁好。刚刚上了楼，就看见他站在走廊东张西望，一见我，他就奔了过来："太好了，你终于来了！"

"怎么了？"

"我的书包落在里面了。"他可怜兮兮地指了指教室，我开了门，做了个请的手势，他背着书包出来后帮我锁门，却没头没脑地来了一句："你怎么回家啊？"

"坐班车啊！"那时我住校，他走读。

"哦。"他和我并肩下楼，小心翼翼地吐出一句："要不我送你吧？"

我有点诧异，停下脚步看他："为什么？"他是我的后桌，可我并不觉得我们交情很深。

他搓了搓手："你东西肯定多吧，我骑车载你。"

我扑哧一笑："不用啦，谢谢你！"

他也笑了笑："那好，再见，提前祝你春节快乐！"

过完春节返校，一个多月没人打扫的教室落了灰，学校通知各班清理自己的教室和公共区域，任务不轻。

和往常一样，我在讲台上分配任务，讲台下闹哄哄。那天我不舒服，很是心烦，便忍不住吼了一声："吵什么吵？给我安静点！"同学们愣了愣，随后哄堂大笑，继续吵闹。我呆立着，觉得自己是个大笑话。不知为什么，眼泪竟然哗哗流下来，似乎忽然到了多愁善感的年纪。

我抹了一把眼睛，默默走出了教室。

身后却传来一个声音："别哭了，我们会好好打扫的！"是阿树，他挥舞着扫把，远远朝我喊着。

我觉得内心一暖，但没有回头，只是渐渐注意到我的后桌是个有趣的男孩。

2. 第一次喜欢上一个人的感觉

阿树身材中等、相貌中等、成绩也中等，是那种丢到人群里就再也找不出来的路人甲，最大的优点是声音好听、普通话标准，简直可媲美电台男主播。

我开始注意到，他经常带来各类小零食分给我，偶尔向我请教作文写法，有时也会帮我买早餐。热腾腾的包子和豆浆，暖胃又暖心。

后来，我们一起参加了学校举办的知识竞赛。老师说，你们最好穿正装去。我为难地表示自己没有，他一拍胸脯："我带你去买！"

第一次跟男生一起逛街，我还有些羞涩。试裙子时一直低着头，他连声说好看，商店外的秋高气爽像是全部扑到了面前，我只觉得好开心，却说不清缘由。

我们一起回学校，他第一次载我，自行车骑得慢慢悠悠，我来得及抬着头看云，一朵一朵地飘。路边有开满小黄花的绿树，整个世界都生动美好。而我，也在忽然之间明白自己为什么开心。

那是第一次喜欢上一个人的感觉，像是春风拂面、夏日听风、秋天赏月、冬夜围炉，囊括得了世间所有的期盼和美好。

那晚我们是肩并肩的战友，灯光同时照耀着我跟他，我转头看着他认真答题时的侧脸，只觉得他整个人都在发光。那个好听的男中音响在大礼堂里，所有目光都聚焦在他身上，而我，是站在他身边的那个人。

从那天起，我们的联系开始频繁，也慢慢有点不一样。比如，我们由打电话转变为发短信。

2006年，手机QQ和微信都还没出现。蓝屏的诺基亚手机存储量很小，我隔一天就得清理一次收件箱，舍不得删除的短信便工工整整抄在日记本上。

和打电话相比，短信总在不经意间延长我们的联系时间。许多话是斟酌过、思量过的，欲语还休，怕他不明白，也怕他明白。

3. 我觉得他不喜欢我了

关于感情的所有一切都是新鲜的，我不明白，世上怎么会有那么美妙的情愫，看见他，跟他说说话，内心就会产生一种极其柔软，仿佛瞬间就能融化的甜蜜感。

很久后我才知道这种被定义为多巴胺的东西就象征着爱情的到来，而被称为初恋的情怀，无关外貌、地位和情欲，甚至无关未来。

我还没有思考过，和他会有怎样的结局。

高二下学期，我们面临文理分科。我文他理，毫无悬念。

同班的最后一个学期，他修改了QQ个性签名——"拿王牌谈的恋爱，而我不想把你教坏。还是听妈妈的话，晚点再恋爱吧。"

是周杰伦的歌词，我把这理解为一个委婉的拒绝，忽然就悲痛了起来。

但是下一个周六的夜晚，他约我出去走一走。

我们出了校门，走到了学校的围墙边。那个夜晚没有星星，也没有月亮，橘色的路灯朦朦胧胧，光线柔和婉转，看上去极像故事的开头。

我们肩并肩走着，前后左右都不见人。印象中说了许多话，可我一句也不记得了。唯一记得的就是自己始终低垂着眼睛盯住他的手，心里一遍遍猜测，他会不会牵我的手，如果他牵了，我该怎么回应？

可是他的手机忽然响了起来，猛地惊醒我的想象，我听见他说："妈？好，我这就回来了。"

他回头看我："我们回去吧？"

我点头，心头浮上他的QQ签名，有些了然，有些不甘，更多的，却是无可奈何。

17岁的我，除了顺从天意安排，还想不出更好的法子。

我的日记是从那天开始记录的，第一句话是："怎么办？我觉得他不喜欢我了。"

4. 横也思来竖也思

文理分科后，我的教室在二楼，他在三楼。

我知道他喜欢睡懒觉经常迟到，住校的我便也故意晚出发十分钟，假装在路上偶然碰见他，他便轻声责备一句："又睡懒觉。"

我就低声笑着，和他一起朝教学楼飞奔。

每一个课间休息，我都会跑去走廊上站着，等待偶尔下楼上厕所的他经过，远远看到了他的背影，那一天就都特别特别幸福。

做课间操，眼睛总往他们班那边瞟，千万人中盯住他一个，内心欢喜四溢。

某天逛街，我看到一幅十字绣，绣完的画面是一个骑自行车的男孩载着一个女孩。我毫不犹豫就买了下来，用少得可怜的休息时间一针一针认真地绣，心里还默念着一首诗："横也思来竖也思。"

日记本是随时揣在包里的，为的是时时刻刻记录与他相关的心情。如果当时有朋友圈，我肯定是个刷屏少女，但所有的内容都只有他一个主题。

成年后我再也没这样喜欢过一个人，带着许多紧张和小心翼翼，做了无数件傻傻的小事，自以为能为他把命豁出去，却又始终不敢越出一小步。

他18岁生日那天，我把绣好的十字绣送了出去，我们站在池塘边，说了三两句话，便有些相对无言。

其实我表白过了的，我低声用英语嘟囔了一句："I like you"，我还不敢用love，总觉得那个单词离我还太远。他没有回应，不知道是没听见，还是没听懂，或者不喜欢。

5.那天开满了山寺的桃花明艳动人

三个月后，春暖花开，我的生日到了。他陪我去上香许愿，我穿了一条紫色的裙子站在春风里等他。

我看见他的眼睛猛地亮了一下，他说："小姑娘，生日快乐！"

我们坐着小巴出城，一路颠簸，一路桃花笑春风。那是我18岁那天的风景，阳光明媚极了，而我的笑，也一定灿如桃花。

只是我们都还不知道，那是我们第一次也是最后一次单独出游。

我在佛前许愿，求和他考上同一所大学，求与他喜结良缘。

佛祖高高在上，不知是否真能洞察众生心事。我看见他也庄重地跪下叩拜，却猜不透他的心愿里，是否也有我。18岁那天，

164

刚刚成年的我，心里眼里都只有他。

隔了多少年我仍然记得那天开满了山寺的桃花明艳动人，寺里来来往往的人群看着我们，都以为我们是一对热恋中的小情侣。

再然后，高考、分离，一南一北相隔千山万水。新的生活蜂拥而至，我们各自忙碌，渐渐疏于联系，最后变成朋友圈里再也不会主动点开的某头像。

长大后喝过最烈的酒，经历最激烈的爱和别离，有时候却会想起记忆里声音动听的16岁少年。

我们没有牵过手、没有接过吻、没有拥抱过，更没有肌肤之亲，他只存在于我那些厚厚的日记本里，可是不知道为什么，每年看到那句生日快乐，我还是会有流泪的冲动。

他肯定也辗转红尘深处，牵了另一个姑娘的手，抱了她、吻了她，把她娶回家，然后在某个春光明媚的日子，看到绽放满山的桃花，忽然就想起我了吧。

于是拿出手机，给我发一条微信，生日快乐。

我回复两个字，谢谢。

那个嫁了穷人的女同学

我有个同学名叫杨丽丽，名字普通，长相也普通，但她做过一件不普通的事儿：义无反顾嫁了一穷二白的学长，由穷人家的女儿，变成穷人的妻子。

这样的"弱弱联合"，在大部分姑娘眼里，无疑是个噩梦。

1. 那个乐观、坚强且吃得了苦中苦的姑娘

杨丽丽家庭条件不好，入学那天我们就知道。她是独自拖着铺盖行李来报到的，而且晚了两天，班主任甚至打了电话去催。

宿舍里只剩下角落一个上铺。她手脚利落地跳上去，一边整理一边自我介绍："你们好，我叫杨丽丽，我在家里帮忙割稻子呢，所以来晚了几天。"

她边说边笑，洗得发白的牛仔裤似乎也荡漾着笑意，身上有一种长年累月劳动积下的朴实气息。

高中那三年，杨丽丽成绩很棒，从没掉下过年级前十。可高考填报志愿时，她却摒弃了众多一流高校，志愿表上填写的都是清一色免费师范院校。

原因我们当然都知道，减免学费还有补贴的学校，对正发愁

学费、生活费的她来说，是无奈之下的最佳选择。

我们为她可惜，她却依旧乐颠颠的，准备了一应生活用品，再次独自出发去上学。这一次，她买了硬座火车票，颠簸两天两夜，横跨了大半个中国，终于去到首都求学。

当时杨丽丽在QQ空间写了这样一条说说：一箪食，一瓢饮，在陋巷，人不堪其忧，回也不改其乐。

乐观、坚强而且吃得了苦中苦，我们都相信这个姑娘会有一个很美好的明天。

2. 他是真的对我好，也是真的很努力

大二那年，杨丽丽谈恋爱了，对象是一个同乡的学长李明，两人在聚会上打过照面，又在勤工俭学时偶然相遇。一来二去，彼此就都生出了些情愫，抬头低眸间的水光潋滟里，也就多了几分欲说还休。

那几年我和丽丽走得挺近，她偶尔会提起，语气是甜蜜的，却也掩盖不住一丝惆怅。

李明也是典型的寒门学子，办了四年助学贷款，平日里靠勤工俭学维持生计。好在他用功刻苦，年年拿到国家奖学金。

然而那时的李明，就像停在窗玻璃上的苍蝇，前途一片光明，可不知路在那里。

被贫寒打磨过的姑娘，其实比谁都更理智更清醒，也更明白一场婚姻的真正价值。因此她回避着他的灼灼目光，不说好，也不说不好。

直到有一个冬夜，她在做家教时，无意中透过窗子看到站在路灯下的他，跺着脚哈着手，嘴巴却念念有词，时不时抬头看看窗子，焦灼的面容里却带着喜色。

后来才知道，他每天都在打扫完教学楼后来接她，等待她的间隙里默背着英文单词。

一个贫寒的年轻男孩，证明爱情的最好方式，不过就是对她好，为她去努力。

他是真的对我好，也是真的很努力，而我也是真的很欢喜他。这样的念头忽然从我心底破土而出，眼看这寒冬漫漫，春心却猛地萌了芽开了花。

3. 活在尘埃里，内心也要开出一朵花

同宿舍的姐妹说，不要和穷人谈恋爱。最好的年纪，应该穿最美的衣裳，吃最好的美食，喝最烈的美酒。

女孩子的青春耗不起，等他奋发向上出人头地？别闹了，那多累，再说你能保证他一定可以成功吗？

杨丽丽用一个淡定的微笑来回应苦口婆心的室友们，回过头来看电脑，李明正好从QQ上发过来一段消息：

我决定了，签了安哥拉的工作，一年将近30万年薪，我去三年，就可以完成资本的原始积累。我会让你过上好日子，别人有的，我会通过双手挣给你，可能会有点慢，但我不会放弃。

那几年过得确实不大好，两人吃过的大餐是校门口的鸡米饭，逛街只敢去地摊货横行的动物园，最折磨人的是寒假遇上春运，凭着两张站票穿越大半个中国，回到家骨头往往散了架……

苦吗？真的有点，凡胎肉体的身躯，对吃喝享乐当然会有自然而然的向往。但在心理和生理的较量中，占了上风的往往是前者。

因为她记得他把所有的鸡块都夹进了她碗里，她知道他用一年的奖学金为她买了大衣，她发现他悄悄订了她的机票而给自己

买了站票……

世事的确艰辛，但有这样一个人，把你所有的心思和心愿都记挂在心底，为了给你更好的生活一直向前奔跑着。那么，即使活在尘埃里，内心应该也能开出一朵花来。

这也是至高无上的宠爱吧，哪怕到了最后两个人依旧喝着白粥、咽着咸菜，也是相互依偎着的姿态。杨丽丽说，我总是相信，世间有一种爱情无关金钱。

爱情从来都不会因为贫穷而卑微，卑微的是被贫穷轻而易举改变了价值观和爱情观，甚至抛弃爱情和梦想的那些人。

4. 会让你苦一阵子，但不会是一辈子

李明毕业就飞去了遥远的非洲大陆，在赤道上修桥铺路，用汗水生动诠释了"血汗钱"三个字的真正含义。

杨丽丽原本不舍得心上人去吃苦，但李明义无反顾。去非洲是很苦，胜在收入可观。作为一个男人，他觉得自己有义务在女朋友毕业前存够钱，给她一定程度上的安稳和富足。

于是，大学最后一年，杨丽丽的日子前所未有地宽裕了起来。李明的大部分工资都漂洋过海打到了她的卡上，两个人视频聊天时，李明总是大手一挥："想买什么尽管买，现在我养得起你！"

他黑了许多，也瘦了许多，脸上却带着明晃晃的笑容。两个人悄悄说完情话，就开始一点点计算工资与房价。作为定向培养的师范生，杨丽丽必须回到家乡的学校任教。

李明便决定合同期满后回乡，买一套房子，再用三年积累下的经验开一家小小的建筑公司。这样一来，父辈曾经历过的艰难困苦就基本已经远去，对吃惯了苦的两个人来说，这已足够幸福。

真正值得爱的那个男人，也许会让你苦一阵子，但不会是一辈子。

　　而真正值得爱的姑娘，也断不会计较你一时的落魄，她身上散发着的温柔和坚韧，也必定可以成为你最坚实的后盾力量。

　　今年秋天，李明终于回来了。此时的杨丽丽已经在家乡做了两年中学语文老师，接机那天她发了一条朋友圈，是三年前的照片。李明毕业那天，两人在校门口拍的。她还写了一句话：那年我们很穷，但很快乐。现在我们不穷了，依旧很快乐。

　　世间有一种极致的成就和幸福，是寒冬里的两个人手牵手，一步步走到了春天。当百花齐放风光旖旎，陪在我身边的，还是你。

　　要知道，主导爱情的从来都不是贫富，而是两个人共同变好的决心。

　　这世界的确很现实，但总有一个角落，容得下认真相爱的一对男女，以及他们相濡以沫的决心。

嫁给了爱情就会幸福吗

"要嫁，就嫁给爱情！"

这句话你肯定听过，可我觉得爱情是婚姻的必要非充分条件。就是说，**爱情不一定能够成就好婚姻，但好的婚姻里，必定存在爱情。**

1. 真的是有情饮水饱吗

领证那天，他们什么都没有，有的只是对彼此的满腔爱意，浓烈如酒。于是便迫不及待地，用法律的形式将对方固定为唯一伴侣。

他们是我的大学同学，女孩姓杨，男孩姓王。军训时便看对眼的两个人，恋爱谈了四年，毕业前一周小王搞了轰轰烈烈的求婚仪式，杨姑娘在我们的起哄中羞涩而坚定地点头答应，套在无名指上的银戒熠熠生辉。

离校前还搞了个婚礼，花车是学校的电瓶车，婚宴是一顿自助晚餐。报社还派了记者来采访，从校服直接过渡到婚纱，浪漫无比，纯情无比。

杨姑娘穿着租来的婚纱言笑晏晏，脸上荡漾着的幸福清晰可见。在场宾客都是同学，我们报以最诚挚的祝福，满以为这段传为佳话的爱情能够延续到地久天长。

那时我们都年轻，见过的爱情都是象牙塔里的你侬我侬，总以为有情饮水饱，似乎一个爱字就能解决生活里的所有难题，可事实却并非如此。

是的，你猜对了，小王和杨姑娘后来离婚了，在结婚两年后。

他们留在大学所在城市打拼，两个白手起家的年轻人，租了一个小单间组建家庭，在这个衣食住行无一不要钱的地方开始了冷暖人生。

没钱。两个人节衣缩食过着苦日子，加班回家后还会因为芝麻小事破口大骂，失望和疲倦日复一日地发酵。所谓贫贱夫妻百事哀，莫过于此。

小王觉得杨姑娘不是能一起吃苦的人，杨姑娘则认为她在小王身上看不到希望。渐渐地两人撕破脸互相怨愤，开始得马虎的婚姻，也就潦草收场了。

这样的故事好常见啊，被物质打败的婚姻比比皆是。**毕竟婚姻关系着柴米油盐，连带着鸡零狗碎，而应付这些，不是有爱就可以的。**

所以，姑娘，千万别在一穷二白时，奔着爱情就一头扎进婚姻。

2. 只有爱情，真的还不够

"他竟是这样的人，当初真是瞎了眼！"

许多婚后的姐妹总喜欢这样抱怨，按理说，两个人的结合也不是父母之命、媒妁之言，选的都是自己的心头好，花前月下也海誓山盟过，可一踏进婚姻，他就像变了个人。

也可能，不是他变了，只是当时的你们被爱情遮住了眼，所谓一叶障目，不见泰山，如是也。

我在地方文学群中认识一位姐姐，颇爱舞文弄墨，长得斯文清秀，是个典型的文艺青年。早些年她爱过一个所谓的"江湖人士"，据说也是个剑眉星目、有故事的男人。她便犯了文艺女青年的通病，爱他沧桑经历，爱他一身伤痕，然后幻想着自己是救他于水火的电影女主角，于是就冲动领了证。

等到真的生活在一起，书卷气与江湖气开始激烈冲撞。周末，她喜欢两个人一起安静喝茶读书，他却眷恋着外面的声色犬马。激情一过去，极不协调的价值观和生活习惯就都全部涌了出来。小到吃饭口味，大到财产规划，几乎没有一个能谈拢。

爱情可以超越阶层、学识、三观，可婚姻是实实在在落到生活每一个角落的，只有爱情未免太单薄，根本不足以撑起漫长的余生。左思右想，文艺女青年还是毅然告别了江湖大哥，她说："原来，小说里都是骗人的。"

你知不知道为什么童话故事只讲到灰姑娘和王子幸福地生活在一起，偶像剧也只拍到男女主角经历重重波折后顺利结合？因为导演们都知道，爱情和婚姻是两回事儿，若要讲婚后的磨合忍让、状况百出，就得重新起头，来一场婆婆妈妈的生活伦理剧了。

《泰坦尼克号》里，杰克没有活下来，爱情永恒地飘扬在大海上，所以我们无法想象贵族小姐罗斯和小混混杰克会有怎样的婚姻生活。或许也少不了一波三折，甚至在一次次相互伤害后分道扬镳也未可知。

嫁给一个人，是要和他吃喝拉撒捆绑在一起的。只有爱情，真的还不够。

3. 爱情只是两人之间的偏安一隅

去年我准备跟着男友回家前，几个已婚姐妹不约而同地发出忠告，一定要看看他的父母兄弟姐妹是否处得来。尤其是未来婆婆，千万不能掉以轻心。

静静更是现身说法，痛陈自家婆婆的抠门与苛刻，连带着对丈夫也抱怨连连。当初手拉手说过的情话转眼就变成了明日黄花，一段婚姻眼瞅着就走到了崩溃边缘。

嗯，和婆家人的相处是否和谐，也是决定婚姻能否幸福的重要条件。

静静是个时髦girl，喜欢买买买，饶是花自己的钱，节俭惯了的婆婆也有诸多不满。而婆婆作为一个强势泼辣的农村妇女，对静静不做家务早就心怀不满。分开过的时候还好，一旦同处一个屋檐下，三天一小吵、五天一大闹几乎就没断过。老公调解不了，只能劝静静忍一忍，夫妻俩的关系便在这样的摩擦里一天天消耗殆尽。

你嫁的不仅仅是一个人，而是他身后所有的家庭关系与社会关系。而爱情，却只是你们两人之间的偏安一隅。

活生生的《双面胶》现实版，年少时你觉得爱情可以越过千山万水，可以克服千难万险，可待到自己走入围城，才惊觉这个想法多么幼稚。

爱情并不是万能的，它能构成婚姻的根本，但永远都不是全部。

那到底嫁给什么才会幸福呢？

好难回答啊，因为，这根本就没有标准答案。

有人嫁给爱情，却面临婚姻的一地鸡毛；

有人嫁给金钱，得到的也只是同床异梦；

有人嫁给合适，收获的婚姻却味同嚼蜡……

可能婚姻根本就没有十全十美。我们在大街上看见的任何一对牵手过马路的白发夫妻，也许都动过几百次离婚的念头，都曾在吵闹里两败俱伤，都差一点就分道扬镳。

但终究是走到了这一天，不管当初嫁给了爱情还是合适，还是在痛苦艰难的磨合里一步步走到柳暗花明的那一天。

婚姻就是一场两个人的修行。说到底，得有爱情、有智慧、有耐心、有钱、有足够的宽容和忍让，婚姻才能顺顺当当走下去。

你以为嫁给爱情就一定幸福？好幼稚啊！

陪你早睡的人才是真的爱你

1. 他是那个能让我早早睡着并做个好梦的人

小优晚睡的坏习惯是被大张治好的。

毕业后独身到一个陌生城市打拼，小优睡得越来越晚。有时是因为加班，有时是同事聚餐闹得太晚。但更多时候，失眠来源于内心的空虚。她不得不一遍遍刷着朋友圈和微博，用海量信息来把自己慢慢催眠。

时间久了，晚睡自然而然地成了习惯。等到她意识到问题的严重时，大姨妈已迟迟未造访，脸上也开始出现密集的痘痘。去医院一查，内分泌失调了。医生嘱咐她一定要规律作息，保持心情愉快。

可小优做不到严格遵医嘱，病情也就时好时坏地缠绵了一年，直到大张出现在她的生活里。

开始时，大张是陪着她晚睡的那个人。他们天南地北地聊过去，说电影、兴趣和理想。趣味相投的两个人，夜色深沉里逐渐交了心。小优便将苦恼和盘托出，大张不假思索："那以后我就来哄你睡觉咯。"

这暧昧不明的言语让小优的心跳漏了半拍，微信对话框里显示着对方正在输入。几秒钟之后，另一句更让人心动的话跳了出来。

"养好身体，我们还有一辈子的时间来说话，来日方长。"

他打来电话，轻声唱着歌安抚已经躺在床上的她。说来也怪，倦意竟然就这样不知不觉地浮了上来，就像温柔的潮水，安然环绕住了她的梦。

后来，大张又绞尽脑汁给小优编了一套睡前故事，像对待未成年的孩子那样，耐心细致地为她的入睡营造氛围。

一年后，小优在婚礼上说："他是那个能让我早早睡着，并做一个好梦的人呀。"

站在他身旁的大张一脸宠溺地微笑，他说："让你吃好睡好，是我的终生目标。"

"睡好"，意味着高质量的睡眠，自然包括睡眠时间长短。而能让你早睡的那个男人，必然珍视你的身体，在意你的健康，愿意为你的一夜好梦倾尽全力。

这才是最该嫁的男人，不是吗？

毕竟，只有丰裕的食物和充足的睡眠，才能为你提供最强大的动力，让你活出更美好的模样。

2. 那个能陪你早睡的人

一场大病之后，我得了早睡强迫症。

10点半之前要是不能进入睡眠状态，我就会陷入一种歇斯底里的狂躁中。担心自己的健康受影响，然后焦虑得整夜睡不着。

然而就是一个这样的我，嫁给了夜猫子高先生。

高先生，广告设计师兼资深网瘾青年一枚。夜深人静时噼里啪啦的键盘敲击声，曾伴着他度过了无数个夜晚。那声音催生出了他的许多精妙创意，也带给他无上的愉悦和欢乐。

我们在一起后，早睡与熬夜之间的矛盾不到一周便全面爆发。因为我的强迫症波及了他，我自己早早睡觉，也坚决制止他熬夜。

爱一个人的时候，我会自然而然地希望两个人作息同步，一起吃一起睡。在最基本的俗世生活里相依相偎，才有血肉相连的亲密感。尤其是这件事，还真真切切地关系着他的身体健康。

开始他不同意。但在目睹我默默垂泪整夜失眠后，他就开始调整作息时间，慢慢戒掉了多年的熬夜习惯。

在这件事情上，我可能真的很霸道。但每次看着他清早起床后神采奕奕的脸，我的愧疚感就会烟消云散。

牺牲休息时间陪你晚睡的男人固然很可贵，但能放弃不必要的娱乐和应酬，陪着你睡一个美容觉，养一副好身体的男人，应该更值得托付终身。

如果要结婚，姑娘，请一定选择那个能陪你早睡的人。

3. 一起早睡早起的人更有好未来

睡觉，其实也是检验两个人是否真正合拍的金标准！

一生那么长，几万个日日夜夜呢。所以，一定要和能让你睡得甜如婴儿的那个人在一起。

刘烨曾在采访里说，和安娜在一起，治好了他长达5年的失眠，他能够在安娜身边安然入眠，不再依靠安眠药和酒精。

这应该就是爱对了人的最直接生理感受，肌肤相亲的两个人，卸下所有的伪装与防备时，能在彼此的怀抱里做一个好梦。

我身边有个大龄美女Y，肤白貌美气质佳的好姑娘，年过30依旧待字闺中。我们都以为她太挑，某次聊天，却听见她说："其实，我只是想找个能一起睡觉的人啊！"

Y是医学生出身，作息规律，生活习惯良好。她曾经谈过一个男朋友，最终却以"过不到一起"而告终。最大的分歧就出在睡觉上，那个男孩是个典型的夜猫子，喜欢大半夜追着Y说话聊天。Y劝说未果，勉强陪了他几夜后断然拒绝，男孩不高兴了，觉得Y不在乎他，关系就此宣告破灭。

睡眠习惯，在很大程度上决定了你们未来的婚姻质量。Y说："比起熬夜，我觉得一起早睡早起的人更有好未来。"

4. 许多事情，并不急在一夜

我知道，你睡得肯定不太早也不太好。

其实道理你都懂，晚睡一点都不好。轻则黑眼圈精神萎靡，重则损伤身体，带来猝死的风险。

可回头看看，你的大部分熬夜，不过是将休息时间用来消遣娱乐。手机很好玩，酒也很好喝，在很大程度上慰藉了夜晚来临时的孤独寂寞。所以，作为孤独症患者的你沉迷其中，难以自拔。

你很希望有个人陪你度过漫漫长夜。但我更希望，有个人能让你早早睡觉，为明天的奋斗积蓄能量。

总有一天你会知道，良好的爱情，永远能透过眼前思考更远的未来。而让你早早睡觉，是对你的健康负责，是为你的未来做好最坚实的铺垫。因为，我们要在一起一辈子。许多事情，并不急在一夜。

真正把你放在心上的人，当然会陪着你走过孤独，但绝对不会放任你在一个又一个黑白颠倒里自我耗损。

比如，你的爸爸妈妈。

再比如，真正想和你过一辈子的那个人。

父母反对的爱情
有没有好下场

1. 三姨不被父母看好的爱情和婚姻

20多年前，三姨爱上了邻村一个英俊小伙。

两人爱得缠绵悱恻、难舍难分，可外公外婆得知消息后，干脆果断地阻止了他们的来往。理由和张靓颖母亲的理由类似，这小伙子人品有问题。

那是个巧舌如簧、靠着三寸不烂之舌走街串巷的农村青年，几句话便能将小姑娘哄得笑逐颜开。

外公从集市上的麻将馆外经过，正巧看见他在里面架着二郎腿吞云吐雾，便彻底将他从女婿候选名单里画去了。

几天后，三姨带着他上门拜访，小伙子嬉皮笑脸，放下三两颗水果糖，就一屁股坐下来点火抽烟。外婆脸上的失望当时就满溢出来，不客气地请他出门走人。小伙子也不在乎，站起来提提裤子，转身就往外走。

三姨急了，瞪了父母几眼匆匆追出去。然后，便是漫长的抗争。最终妥协的是父母，在三姨绝食相逼之后，外公外婆不得不同意了他们的婚事。

婚后，日子渐渐难过起来。

家里的几亩田地全靠三姨以弱女子之躯一力扛起，丈夫的赌瘾越来越大，整日整夜泡在麻将桌上，家里家外难见他的身影。孩子出生后，日子竟艰难到揭不开锅的地步，三姨只得带着孩子三天两头回娘家求助。

两人的矛盾也逐步升级，从埋怨、吵架发展到大打出手，婚姻慢慢走到了崩溃边缘。等到三姨下定决心抽身而出时，五年时间一晃而过。人生最美好的年华，便在与渣男的纠缠里蹉跎而过。

2. 莎莎遭遇父母阻力的婚事

邻居家和我一起长大的莎莎姐姐，前些年也在婚姻大事上遭遇了来自父母的阻力。

她的男朋友来自偏远山区，是家里的老大。大学是靠着助学贷款和勤工俭学读完的，父母认为这样的家庭负担太重，嫁过去必然不会有好日子过。

莎莎和父母据理力争："他年年拿奖学金，成绩好得不得了，现在已经签了特别好的单位。只要努力，我们的生活不会差。"

那个男孩我也见过，长得浓眉大眼，总有一脸灿烂的笑，说起话来也斯文有礼，让人如沐春风。除了家境差一点，倒真没什么可挑剔的。

但普天之下的父母，都唯恐女儿嫁人后受委屈，莎莎的父母自然也不例外，所以迟迟不肯松口。无奈之下，莎莎只得学着电视剧里的女主角，从家里偷拿户口本悄悄领证。

眼看着生米做成熟饭，不肯妥协的父母暴跳如雷，扬言不认这个女儿。莎莎的倔脾气也上来了，赌气不跟父母来往，也很少再回老家。

女婿反而每个月都按时来报到，帮着老两口买菜做饭，聊聊自己的工作，说说莎莎的近况，态度恭敬却又不乏亲热。久而久之，老人心里的芥蒂也一天天消除了。

更要紧的是，女婿踏实上进，年年升职加薪，莎莎的生活水平并没有因为跟了他而直线下降。

到了他们的孩子出生时，一家三口已经搬进了市中心的大三居。老两口过去住了一段时间，回来后逢人便夸女婿有出息。

3. 父母怕的只是他不能与你好好走完这一生

一千多年前，故事里也有两个妙龄女子爱上了父母看不上眼的男人。

前者是富家小姐，在女扮男装上学时与同桌男生互生情愫，于是私订终身把自己许配给他。

书生找到小姐家里，却被羞辱一番，回家后大病一场一命呜呼。心灰意冷的小姐穿着孝衣出嫁，途经书生坟墓，撞坟化蝶。

后者贵为相国千金，抛绣球选中贫困人家出身的他。父母不答应，姑娘与宰相父亲击掌脱离父女关系，随即脱下金钗绫罗进入寒窑，成为他的贫贱之妻。

丈夫从军后，她苦守寒窑18年，终于等来战功赫赫、贵为西凉皇帝的他。然而，荣华富贵的日子只过了18天，她匆匆撒手人寰。

这两个故事，一个叫作《梁祝》，一个叫作《王宝钏》。

大概是古往今来都不缺这样的父母，戏剧里的姻缘孽债，前有古人后有来者，悲悲切切地唱了几千年。到了今天，我们还能跟着故事里的起起伏伏着急、悲叹。

当然，是因为那故事也影射着我们自己。得不到父母的认可与祝福的爱情，自然无法顺利向婚姻过渡。两个人漫长的人生路，没有一个好的开头，痛苦与艰难都是免不了的。

但这也不见得就一定没有好结果，当两个人铁了心要一起走，步伐一致心向一处，总会有柳暗花明的那一天。

怕就怕，你千辛万苦选定的那一个人，半途便松开你的手。你大概不知道，父母怕的，正是他不能与你好好走完这一生。

不可否认，确实有一种父母对子女的控制欲极强，可大部分反对子女爱情的父母，理由都只有一个，害怕自己辛辛苦苦养大的孩子所遇非人，在婚姻里吃足苦头。

作为婚姻的过来人，他们太知道哪些看似细小的问题可能在将来引起轩然大波。作为父母，自然想要通过一切办法，来为儿女们避开风险，少走弯路。

可我们每一个人的路都是不同的，他们的经验未必能够套用在我们身上。

当我们深陷在爱情里时，往往会因身在庐山中而不知其真面目。此时，父母的意见要听，但也不可全听。

假如父母反对是因为你的男友家穷人丑，而你又确信他是一只潜力股且深爱你，那么父母的反对你不必太在意；

假如父母觉得他脾气与你相冲，两个人生活可能矛盾重重，那你就得重新审视一下两个人的关系了；

假如父母认为此人品性极差，将来会犯原则性错误影响婚姻质量，那我劝你一定要认真考虑父母的意见再做定夺。

其实任何时候，**两个人的爱情有没有好下场，真正的决定因素都不是父母，而是你们自己。**

为你雪中送炭的人
最好不要爱

你什么时候最想谈恋爱?

遇到小人了，事业遇到挫折了，钱包丢了，被欺负了，心累了，受伤了，流血了，想找人抱抱了。

这是知乎上的一个回答。几乎囊括了人生所有的低谷。就像寒冷时渴望温暖一样，我们在痛苦绝望时渴求一份从天而降的爱情，几乎出自本能，自然而然。

度过人生低谷期的方法有一千种，但最最不可取的，就是在朝不保夕时拼尽全力去爱一个人。

我这里，正好就有几个雪中送炭的爱情故事。

1. 我喜欢你，可是……

发现自己喜欢上L先生时，我的病友小A做完肾移植手术还不到一个月。

时常看见她坐在走廊的凳子上抱着手机呵呵笑，宽大的白色病号服衬着一张比桃花更娇艳的容颜。我猜，她一定是坠入了爱河，因为那是被爱滋润着的女孩才会出现的表情。

我们年纪相仿，熟识后她便把故事说给我听。果然，被我猜得八九不离十。

小A得病时，是个正当华年的姑娘。

等待肾源的时光被寂寞和无望拉得无比漫长，L先生便在此时走进她的生活。是她的校友，在校园里无数次擦肩而过，相识却在相隔万里之遥后姗姗来迟。

开始时，小A还有一些抵触。可是夜深人静痛得无法入睡时，看着他一字一句发过来的信息，小A忽然就感到有种久违的温暖缓缓渗透到了心灵深处。

她的身边几乎没有朋友，找不到可以说话的人。在被所有人遗忘的时候，L先生三天两头打来电话说着鼓励她的话，在她经济紧张时解囊相助，甚至还有时不时地小礼物，走过万水千山来到她面前。

你大概无法理解，这样的温暖对一个绝症姑娘有多美好。手术前她不敢抱有任何幻想，可手术成功了，又有了可以挥霍的青春和人生，小A的心就再也控制不住了。

结局并不美好，在开诚布公之后，L先生说了我喜欢你，可是……

省略的话已无须言明，毕竟，和一个绝症女孩共度余生的成本太高，他不敢冒险。为自己的余生考虑没有错，错的是小A，在自己一无所有时妄想韩剧里的童话爱情。

没有编剧的真实人生，操控故事走向的往往是人性里的真善美，以及假恶丑。

他为她雪中送炭，说明他很善良。

善良拿捏不当后成了朦胧不清的暧昧，影影绰绰地撩着她的心。那样的甜蜜即使带着些惆怅，也足以让低谷期的小A彻底沦陷，完完全全忘记了两个人并不对等。

爱一个人，最好是在你与他势均力敌，谁也不需要谁的救助时。因为爱情的先决条件，永远都是平等。

2. 婚姻不能只靠同情与支持来支撑

1931年7月13日，被困于哈尔滨某旅馆的萧红打开房门，就看到了仿佛自带光芒的萧军。

那时她还叫张迺莹，是个怀着身孕、欠着债而且惨遭抛弃的弱女子，在交不出房钱即将被卖时，给报馆写了信。报馆派了萧军来看她，这一看，是电光石火，更是一眼万年。一对文坛才侣的传奇故事，就此拉开大幕。

可我怎么觉得无论来了谁，张迺莹可能都会爱上。或许是因为她迫不及待想要抓住一根救命稻草，她站在大雪纷飞里，任何人递来的炭火都难以拒绝。更何况，那个人是才气纵横的"三郎"萧军。于是，他们迅速同居恋爱。虽然，萧军并没有为她还上欠款，是突发的一场大水帮助他们趁乱逃出，结束了担惊受怕的日子。

但事实上，精神上的雪中送炭更甚于物质上的慷慨解囊。张迺莹为此改名换姓，仿佛重新活了一次，在创作上也焕发了前所未有的活力，写出了那部震撼人心的《生死场》，并得到鲁迅的赞誉，声名鹊起。

然而，文学上的成就未抵消爱情里的不幸。他们吵架、互相指责，在耗尽心力后分道扬镳。我在一篇文章里读到，萧军曾指责萧红没有"妻性"，可他忘了，自己也是"爱便爱，不爱便丢开"的浪荡子。萧红大概始终都有点带着讨好的小心翼翼吧，因为他曾是救世主一般的存在，高高在上，来带她脱离苦海。

由同情衍生出的爱情，即使真心足够，也多多少少要带着些龃龉，到底意难平。想要通过爱情来改变现状的人，往往会输得很惨。

所以当Selina和张承中发表离婚声明时，我一点都不意外。因为这场婚姻发生在Selina一生最无助失落的时候，失去张承中对她而言会雪上加霜，它的救助意义或许远远大于爱情价值。

而当爱情渐渐消散，**只靠同情与支持来支撑起一段婚姻，会很累，也注定不会长久。**

未来的某一天，当Selina真正找回自己，她还会遇见另一个男人，不是为了帮她，不用背负道德绑架，just love。有了很单纯的爱做底色，她，和他，才会幸福。

3. 身处低处的爱情，不要轻易爱

聪明的女子，向来懂得先谋生，再谋爱。

就像弱国无外交一样，身处低处的爱情，并不纯粹。

但是有个姓王的姑娘，恰好就在最窘迫无助时遇见爱情。

对方姓张，是她做兼职时认识的。那时，王姑娘的父亲刚刚因病去世，母亲也体弱多病，不得已之下，大三的她开始利用一切休息时间做兼职赚取生活费。

张先生是一家电器城的总经理，偶然听说她的故事，便有意无意多看了几眼。结算工钱时，他又不动声色地塞了一个厚厚的红包。那时的张先生刚30岁，尚未婚娶，几次三番送她回学校。王姑娘不傻，对拯救自己于水火的男人也并非没有好感。

但当张先生表白时，她却低垂着眼眸，许三年为期，等到她毕业，等她有能力养活母亲，等她足够美好足够强大。

为了配得上你，我会努力变成你身旁的木棉树。

只此一句，张先生便肃然起敬，怜爱瞬间转化为珍爱。三年后，王姑娘变身白领丽人，经济条件得到了改善，两人才开始正式交往、谈婚论嫁。

能够耐心等着你走过低谷困境，穿花拂柳去到他面前的人，一定很爱你。因为他能够洞悉你所有的不安全感来源，陪你一步步走到柳暗花明。

一根稻草救不了溺水的你，除非你自己学会游泳。

所以，为你雪中送炭的那个人，不是不能爱，而是不要轻易爱。

你大可以借着炭火带来的温暖与微光，度过漫长的寒冬，在大地复苏、冰河解冻的时候迎来新生。

然后勤于耕作，等到枫林尽染，你有了足够的储备与能量，再来和恩人谈一场平等、自尊的恋爱。

最好的爱情，不是雪中送炭，而是锦上添花。

好的爱情，
必然能成就更完整的你

1. 不管你变成什么样，我都不会离开

遇到高先生时，我是一个从身体到心灵都残缺不全的姑娘。

我得过尿毒症，透析两年，才等到肾源做了移植手术，身体恢复后与他相识相爱。

从外表上看，我是个普通人，但我自己明白，伤痕依旧隐藏在平静的面容下，发作起来时，可能会歇斯底里、难以自拔。

毕竟那是两年的生死煎熬，不可能将我还原为当初那个自信、阳光的女孩。

我敏感、脆弱，甚至还有抑郁、狂躁倾向，而这些，连我的父母都没有觉察到。

我的身体已无大碍，可内心却已经病入膏肓。

第一次吵架是因为吃饭时他点了有辣椒的菜，我固执地认为他无法迁就我的生活习惯，当着好几个朋友的面涕泪交加，指责他不再爱我，最后愤然离席。

他无奈之下追着我跑出来，却惊诧地发现我已经哭得讲不出

一句完整的话。

他毅然扔下未完的宴请，马上打车带我回家，一路上紧紧拥抱我，而我在他怀里缩成一小团，一边哭一边问的话，来来去去只有那一句："你是不是嫌弃我？你会不会后悔？"

他不厌其烦地回答我，轻轻拍着我的背，温柔地像捧着世上最珍贵的宝贝。

回到家，他煮了鸡蛋面，一口口喂给眼泪汪汪的我，"不管你变成什么样，我都不会离开你，永远不会。"

我慢慢平复下来，爱人的重视与温柔，在任何时候，其实都能够成为治疗疾病的一剂良药。

2. 我有创伤后的心理障碍，他就是医我的药

可那只是一个开始，从此后我心里潜伏着的小魔鬼总是三天两头出来晃悠。

- 有时候，我会为了他晚睡10分钟大发雷霆，将他的胳膊咬出一个深深的牙印；
- 有时候，我会因为他的一句无心之言不吃不睡，用折磨自己来狠狠地报复他；
- 有时候，我会因为他不能陪我逛街大吵大闹。

说穿了大概就是作，但因为疾病带来的不安全感叠加着，就成了完完全全的病态。

任何一个小小的状况都能被我放大成原则性的爱或不爱，再催发出内心最深层的自卑和惶恐，以为自己一生都会活在病魔的阴影里。

后来，我才知道这是病，严重的创伤后心理障碍。

好在他也懂这是病，而且相信自己就是医我的药。所以他能

在我歇斯底里时及时安抚我的悲痛和崩溃，更能带着我一步步认识并释放内心的惊恐不安。

实际上他也只是认真倾听那些别人以为矫情的诉说，关心我的穿衣吃饭，空闲时带我出门旅游。有时候他会说："亲爱的，其实你和其他姑娘没有任何两样，你工作能力强，还会写故事，不知道多少人羡慕你。"

我的头号粉丝是他，点赞打赏从来不会少，给了我莫大的信心和安慰。

我的得力助手也是他，拍摄、作图始终全力配合。业绩直升时，我感觉自己活着并非一无是处。

我的好朋友还是他，他陪着我看电影、逛街、说八卦，消磨了很多无聊时光。

然后，我逐步摆脱了心魔的控制，一点点艰难地挪回正常的人生轨道。偶尔也会在想起伤痛时放声大哭，但我知道有怀抱可投奔，有肩膀可依靠。哭完后扯过纸巾擦一擦，一切就都还能继续。

据说有一种爱是"你丑，我瞎"，那么我以为，最好的爱，应该就是"我有病，你有药"。

我是一个极端的例子，但是，你敢说自己就完全健康、阳光吗？

强迫症、晚睡、抽烟、焦虑、洁癖、肥胖……你有没有占了其中某一项？

你知道我有毛病，却不肯轻易放弃不完美的我，并且能够付出心血纠正我所有的偏执和不安。那么，我一定会在爱的润泽里，一天比一天好。

爱才是治疗心伤的灵丹妙药啊！

3. 好的爱情，必然能成就更完整的你

大部分人都活得不易，守着自己的一丁点毛病，不大不小，但想起来，心会被狠狠地刺痛一下。

同事莹姐是个坚定的不婚主义者，因为童年目睹了父母间太多的争吵甚至厮打，对男人和婚姻都产生了极度的厌倦。

我们给她做过几次媒，大好青年也约见了几个，但关系只要略微往前迈进一步，她就会触电一般飞速逃走。所以到了30多岁，依旧待字闺中。

莹姐让我想到了孙俪，同样出身单亲家庭，12岁她恨透父亲，也曾发誓终身不嫁。但遇见邓超后，她有了最完整幸福的家庭，甚至宽恕父亲，活出了温和美丽的模样。

据说孙俪得知爸爸与继母生了一个女儿，靠经营杂货店维生但生活相当拮据时，情绪顿时变得复杂。而邓超发现了矛盾后，只告诉她：

"父女之间有什么过不去的？天下没有哪个父亲是不爱自己女儿的，你爸那样做，肯定是有他的难处，你如果和他这样较劲，将来后悔的一定是你。"

他真心实意爱着她，不忍见她被原生家庭带来的伤害终生困扰，所以除了爱她敬她，更要倾尽全力为她解开心结。

越长大越相信，命定的爱人一定是你的人生摆渡人，遇见他你会变得更美更自信，内心的小阴暗小纠结都能被岁月一一剔除。

好的爱情，必然能成就更完整的你。

4. 其实我们都不同程度地病着

琼瑶奶奶为翻拍的《一帘幽梦》写过一首歌，里面有句歌

词说：

"你成为我的幸运我的主宰，你医治我心上所有伤口。"

前一句很矫情，后一句却很温暖。

故事里的紫菱爱姐夫而不得，一番波折后遇见费云帆。生性敏感忧郁的紫菱在情伤打击下萎靡不振，费云帆带她远赴普罗旺斯，在薰衣草花海里尽情释放、恢复。

失恋就像生一场大病，后遗症就是不再相信爱情。

表姐惨遭渣男劈腿后，很长一段时间内茶饭不思，对什么都提不起劲儿来。即使后来走出阴影，对爱情却不再抱有幻想。

直到姐夫的出现，才把她从对异性的自我封闭里彻底解救出来，治好了她的心病，重新赋予她感知幸福的能力。

对于为什么恋爱，为什么结婚，我看过一个很有意思的答案：

因为我们都不同程度地病着，需要一名良医，来抚慰这摇摇欲坠的人生。

所以你能放弃晚睡，学会熬粥插花，或者戒烟戒酒平心静气，在兵荒马乱的青春后修得一份岁月静好。

这可能就是**爱情最神奇的地方，它在天然血脉的亲情之外，给予了你另一种强大的力量来源，能愈合你的伤口，甚至让你再世为人。**

当然，前提是遇见一个对的爱人，他才是属于你的、"有药且有德"的好大夫。

在他心中，
你的梦想有多重

1. 她的梦想在最亲近之人眼里一文不值

小菲说她要离婚，理由是她的老公不支持她开花店。

"他说你都快30岁了，还折腾个什么？好好在家做家务、搞卫生，我不会亏待你。"小菲气鼓鼓地模仿着老公的语气，脸上的伤心清晰可见。

她从小就喜欢花艺，书没读好，便早早进入社会。白天四处端盘子、洗碗，夜晚还要上培训班。辛辛苦苦地攒钱，为梦想绽放积蓄力量。

和S君确定恋爱关系时，小菲刚好攒够钱，便动了开店的心思。

但计划被S君阻止，理由是两人结婚买房开销不小，他希望小菲能将这笔钱攒起来以备买房之用。小菲犹豫了几天，最终还是答应了。

转眼结婚生了娃，在S君的强烈要求下，小菲又做了三年全职妈妈，终于熬到孩子上了幼儿园，小菲再次提起了开花店的事儿。不料老公却一口回绝，毫无商量余地。

小菲如遭雷击，这才反应过来自己的梦想在最亲近之人眼里一文不值。眼前的这个男人，没有出轨、没有不负责任，但却已经伤透她的心。

大部分人都认为结了婚，女人理所应当要为家庭牺牲，放弃工作、放弃自我再正常不过，还有谁会关心你心里那些若即若离的梦？

可我觉得，就算连我自己都忘记了我曾经的抱负。作为我的老公，你也不能忘。因为优质的婚姻，除了带来幸福，还应该带来发展，让我们都成长为更好的自己。

变得更优秀的前提便是，我始终在为梦想努力。而你，作为我忠诚的另一半，有义务进行无条件地支持。

2. 衡量一个男人是否可嫁的一个标准

最好的爱情，永远都是木棉与橡树并肩而立。

最值得托付终身的男人，会用爱给女人插上一双翅膀，让她去找属于自己的天空，去展翅飞翔。

活得潇洒漂亮的女人，大都是心中有梦为依托，背后有爱为支撑的。

我在广告公司做文案时，认识了一位太太。她来到我们公司，是为了给自己设计的服装做一本宣传册。

这位李太太长得明眸皓齿，说起话来总是微微笑着。我想，她一定是那种被物质与精神同时滋养着的好命女人。

这个单我跟了一周，从策划、拍摄、文案撰写到排版全程参与，和她接触了好几天。几次聊下来，果然印证了我内心的猜想。

李先生做茶叶生意起家，身家千万，在我们这个小城里，也算得上有头有脸。

李太太是远嫁而来的，朋友不多。为了打发时间，也为了生活更美好，李先生鼓励妻子去做她想做的任何事。

"我从小就喜欢给布娃娃做衣服啊，所以选了这一行。"

李太太没有接受过专业的服装设计培训，但李先生还是投入一百多万，供她制衣服、做宣传，甚至轰轰烈烈地办了一场T台秀，搞得风生水起。

不久之后，李太太的服装品牌工作室挂牌成立，还在省外设立了好几家连锁专卖店。

偶然翻她的朋友圈，经常见她全国各地来回飞。选布料、画图纸、谈合作，忙得不亦乐乎。然而她整个人都是神采奕奕的，不知不觉间似乎也有了几分女强人的味道，正好与李先生匹配相当。

所以，**衡量一个男人是否可以嫁，在我们经常提到的物质和精神之外，还要考虑在他心里，你的梦想有多重。**

3. 梦想对一个女人的作用

当然，不是每个男人都可以豪掷千金作为你的梦想基金，但我不觉得追逐梦想是有钱人才可以玩的游戏。至少，他可以在能力范围内支持你做出的一切选择。

就像在我写稿时，高先生会默默拖地洗碗，做好一切家务，给我创造最安逸的写作环境。

都是些琐碎的生活小事，零零散散地串在一起，同样能给我的前进带来动力。

不要小看梦想对一个女人的作用，它和口红一样，都能够成为女人的春药。不同的是，后者作用于身体，前者作用于心灵。

"梦想"这个词说起来太抽象，具体到每个人身上，它可能是一家花店、一趟旅行或者一种生活方式。

可追梦注定辛苦，有时候，我们自己可能都会在不知不觉中放下它。

而这世上最温暖的事，莫过于有一个人始终为你呵护着你心里的那棵小小树苗，并浇水灌溉，期待来日长成参天大树。

其实，并不是依赖着男人，我们的人生理想就会实现得更容易。但是他的支持与鼓励能让那一路的山水跋涉开满繁花，走起来也就不那么艰辛了。

可现实中，以爱为名的束缚依旧不少见，小菲和S君就是个最典型的例子。

S君对小菲开花店的轻视与淡漠，就像打开潘多拉魔盒的那把钥匙，两人之间的问题一个接一个地出现。闹到最后，竟只能离婚，草草收场。

小菲说："从一开始我就该看出来，一个阻止我用血汗钱去开店的男人有多自私！他不帮我也就算了，竟然还想捆绑住我！"

一个想要将妻子调教成家庭主妇的男人，完全不值得嫁。

因为一个女人，先得成为她自己，然后才能扮演好妻子和母亲的角色。这种自我价值的觉悟与实现，其实才是婚姻中的幸福之源。

一个定下的目标，渴求的梦想，就是自我价值的最佳载体。

将你的梦想看得重于泰山的男人，必然深爱妻子，且深谙婚姻经营之道。和这样的男人生活在一起，日子总不至于太糟糕。

心悦君兮君不知

我们年轻的时候，遇见一个人，就以为遇见了一生山高水远。而后来的时间，总是那么长，长到我们，可以彻底遗忘。

下面三个小故事，说的是过去的故事，也是未来来之前，我们曾经都做过的梦。

都不是圆满的故事，最后远远地散落在天涯，曾经以为的永远，不过尔尔。

故事一　一场不为那人所知的疯狂

很久后仍然觉得那是一场惊天动地的暗恋。

记忆中王子一般的他，爱穿纤尘不染的白衬衫，眼里仿佛弥漫着大雾，是一种不曾醒来的样子。她常常幻想童话中的情节，用一个吻，去吻醒沉睡中的人。

而现实情况是，他并不认识她。在我们的生活中，王子不多，灰姑娘却不少。那一年，名叫《我叫金三顺》的韩国电视剧风靡大江南北，使得众多灰姑娘心怀希望，她便是其中之一。

那种迷恋，也许可以用疯狂来形容。

每天，她必定会提前30分钟，耐心地站在走廊上等他路过，但又要装得那么漫不经心，将清晨的鸟语花香全部看作浮光掠影。那样惴惴不安，心中却怀着小甜蜜。年少时的爱无欲无求，只要看一眼，就能幸福万年。

他并不知道身边有这样一双眼睛在看着他，含情脉脉地将他的每个瞬间都刻成沧海桑田。也许，他是知道的，只是这样的眼睛太多，多到，他感觉漠然。

但是，他永远不会知道，她为他们俩在同一天穿同颜色的衣服而欣喜若狂；他也永远不会知道，她常常坐在他坐过的位置，感受着他的体温。

有人说暗恋最美，那是一种温柔如春雨的爱，润物细无声，永远不惊动对方。

做过的最大胆的事，是打电话给他。

只是，滚瓜烂熟地记在心中的号码，拨起来还是一通手忙脚乱。接通的长音一声接一声地传进耳朵，重锤一般地敲着心，每一下，都是希望，也是失望。

"喂，喂。"他说了两声。她不答。通话就在一片沉默中僵持着，他的呼吸就在耳际。她想，那应该，是他们今生最近的距离。

没有想过要结果。但看《夜宴》时听见悲伤的王子在唱"山有木兮木有枝，心悦君兮君不知"，眼泪忽然就哗哗流下来，唱过《越人歌》的，前有古人后有来者，那些忧伤的少年心事，从来都不是谁的独角戏。

等他，看他，想他……这些都是周而复始的功课，在她的中学岁月中，便如同考试那样平常。

大学时，他们在不同的城市。她遇见普通的男孩子，后来成了她的男朋友，爱情变得按部就班。她的内心，幸福但平淡。偶尔也会想起他，只是偶尔。

一个人的一生，大概只会疯狂一次。但你为之疯狂的那个人，也许并不记得你，甚至，都不知道你的名字。

故事二　可她偏偏喜欢了他

初中时，他是班上最好看的男孩，但成绩马马虎虎。她是成绩最好的女孩，但相貌平平。

这样的两个人，看似毫无交集，可她偏偏喜欢了他。

当时的情窦初开，有傻傻的勇气和偏执，总以为已经看见一生的光景，未来的湖光山色，无疑是因为他而精彩。梦里梦外，他的影子无处不在。她便活在那样的光影交错里，不肯、不愿醒来。

他年少骄傲，并不在意那不起眼的一抹红。唯一吸引他的，是她骄人的成绩。她深知这一点，便加倍努力，只为他的目光多一秒停留。

没有美貌，智慧何尝不是一种资本？也或许，是唯一的资本。

她曾经帮他写情书给漂亮女孩，一字一句地肺腑之言，转眼间拱手让人。看着他咬破手指头用鲜血写下的"我爱你"，她的心中不禁生出一种江山尽输的荒凉。但她却也只是轻轻一笑，替他包扎起伤口，再轻声问上一句，你疼不疼？

最喜欢做的事，是去看他打篮球。跳跃扣篮，做得漂亮而阳光。她站在人山人海里看，看着别人给他递水擦汗。心里流着泪，缓缓淌到脸上，却只能是笑容。

其实最酸的并不是吃醋，而是根本就没资格吃醋。

那时候，她喜欢任贤齐的歌。他也曾四面八方搜罗来小齐的所有专辑送给她。她塞着耳机安静地听歌，看着奋笔疾书抄她作业的他，抬头看着天，忽然那么想哭。

想过帮他补习功课，那么努力地想要在他荒废青春的悬崖上拉住他。但缺少了爱，那份力量薄弱得不堪一击。

在校会上听到他被劝令退学时，她低低埋着头，不停地扯着衣角。内心茫然而恐惧，有种前途未知的伤意。

他走了，并未向她告别。他是为另一个女孩打架而触犯校规的，冲冠一怒为红颜的戏，演了几百年都没有消停。只是有的人输了江山，而有的人，输了前程。

留下的只有思念，年年岁岁地在她心间，欲罢不能。她想，如果有一天再见面，一定要告诉他，我那么爱你。

后来，过了好几年。

再见面时她已经大学毕业，经历了人生的华丽蜕变。而他，经营着一家小饭馆。

他亲自下厨去做饭，她默然而坐，心头波澜起伏。看着他忙忙碌碌地切菜烧锅，早早沧桑的脸已不似从前。吃饭时他忽然说，其实，当年，我很喜欢你，但是，你学习那么好……

她不语，只淡淡一笑。他也笑，便不再提。告辞时她礼貌地拒绝送别，坐在车上时，轻轻删掉刚刚得到的号码。

年幼时她说过就算爱上乞丐，也要陪他去乞讨。成年后她清楚地知道，自己绝不会爱上乞丐！

故事三　没有谁会永远是谁的想念

很想念他。想念似乎在心里生了根、发了芽，慢慢在时光里开出相思的花，片片都透着凄凉。

心里住着这样的人，真说不上是苦还是甜。

两人已经认识很多年了，最美的记忆全部系在他身上。于是，他就成了她生命里不可割舍的部分。她说放不下，其实大概是不愿意放下，宁可背负着这份爱匍匐向前，爱亦同其他，习惯成自然。

大学时在不同的城市，一南一北，隔着千山万水。思念漂浮在山河岁月间，成了找不到出口的哀愁。其实还未曾言爱，原以为一切会水到渠成。然而命运开了不大不小的玩笑，人生便偏离了预定的轨道。

说好了要去看他，那便成了她最大的梦想。去遥远的北方，看他生活的城市，将思念揉匀，慢慢地，酿成地老天荒。

于是她去做兼职，赚取旅行费用。瞒着他，做得兢兢业业，一个人痛并快乐着。

她的学校在郊区，每个周末，天不亮就爬起来进城。窗外还夜色朦胧，有时候坐着打盹，梦里有昏昏沉沉的幸福感。工作并不容易，在大街上辛辛苦苦地做促销，讲得口干舌燥，一天才拿几十块钱。

天黑才回学校，公交车上常常很拥挤，她局促地站在人堆里，看见一对情侣，那女孩缩在男孩怀里，全然不理外界风雨。她低下头，眼睛忽地红了。

并不是没有人要，她不是极品，但也算得上精品。只是她一直拒绝着向外界、向他人展现自己，她的美丽与芳华，只愿为他而绽放。诗人说曾经沧海难为水，除却巫山不是云。是的，她飞不过那片沧海，因为心里还抛不开对他的期待。

账户里的钱一点点多了起来，像幸福一点点被积累，而最后的质变，就到了想要的地老天荒。我们曾经都以为只要很努力很努力，上天就会被感动。

可是有一天，他却告诉她说，他有了女朋友。是的，他亲口告诉她的，同时还说："你几时来？正好见见她……"

后面的话她都没有听清，世界仿佛停顿了几秒钟。良久她才淡淡地回答说，我就不去看你了，事情太多我脱不开身。那头相信了，叹息了一阵说，傻丫头，找个人照顾你，那样我才放心。

出人意料地没有落泪，并不是陈世美与秦香莲，说不上谁辜负谁。毕竟都没有承诺与责任，都没有理由为谁守身如玉。她沉默了一整天，把嘴唇都咬出血来。然后去疯狂购物，把欠自己的好全都补回来。坐在公交车上，她抱着无限华丽的冷清，眼神空洞。她的生活与生命，就这样忽然失去了目标。

后来，她一个人去了凤凰。风尘仆仆地走在旅途上，一句颇为荒凉的话忽然涌上她的心头：一个人的凤凰，一个人的地老天荒。窗外山水如画，一树一树的花开温暖地充满心间，春色正浓，温柔缱绻。

宿在沱江河畔的吊脚楼上，那一夜春雨绵绵，细细密密的声音轻轻地敲打着梦境。她起身捧了一杯热茶，静静地走到窗前去听雨。少年听雨歌楼上，红烛昏罗帐，繁华中略见得些荒凉。不知不觉间已是满脸泪，最后干脆号啕大哭，哭声混杂着雨声，淅淅沥沥的，如同心上正在滴的血。

后面的旅途很愉快，在醉人的风景里，她学会了在天涯间独自遗忘。所以，他留在心里的记忆依旧温暖美好，终究，是成就了那份地老天荒。

回去时是两个人，他们怀抱着同样的感动相遇在画中。一句轻轻地"哦，原来，你也在这里"，再加上相视一笑，另一个故

事便有了开头。

曾经沧海难为水，除却巫山不是云。

我们年轻的时候，遇见一个人，就以为遇见了一生山高水远。而后来的时间，总是那么长，长到我们，可以彻底遗忘。这世界星移斗转，没有谁，会永远是谁的想念。

你身边那个
何尝不是"别人家的男朋友"

1. 那个与别人家的男朋友天上地下的糟糕男人

七夕那天，闺密小雅和她的男朋友狠狠吵了一架，原因是他没有送她玫瑰花。

她委屈至极，来找我哭诉，絮絮叨叨地数落着男朋友的种种罪行，觉得自己瞎了眼，找了一个与别人家的男朋友天上地下的糟糕男人。

和男朋友一起逛街时，小雅喜欢两个人手挽手腻歪着，以一种昭告天下的姿态来炫耀自己的幸福，可她的男友小李却很抗拒这样赤裸裸的秀恩爱，在她靠近时总会下意识地往边上挪。

小雅兴致勃勃试着衣服时，小李通常都捧着手机坐在一旁自顾自玩着，眼皮不抬一下却连声说："好看好看，都买下来吧！"小雅气不打一处来，劈手夺过手机，他赶紧起身赔着笑脸："我错了，我错了……"

"他还从来不肯发我的照片到朋友圈！"小雅恨恨地捏着手机，"不是说每个不肯秀恩爱的男人都是在给贱人留机会吗？他一定是不爱我了！"

小李我见过，是个又土又木的典型理工男，说他不解风情、不懂浪漫我信，但要说不爱小雅，那可就太冤枉他了。因为有时候，男人表达爱的方式与女人所要求的，往往南辕北辙。

我问小雅："那你们的七夕怎么过的呀？"

小雅的火气噌地就上来了："他一大早就买了一堆东西来敲门，说要给我做一顿大餐。我要求去吃西餐他也不肯，憋着一肚子火等到晚上，连玫瑰的影子都没看见！"

"那他怎么解释的呢？"

"他说玫瑰花几天就谢了没意思，给我买了一个洗脸仪。说西餐不健康不如亲自下厨……"小雅巴拉巴拉说着，完了长叹一口气，"唉，我可真羡慕芳芳啊，有一个那么好的男朋友。"

2. 那份被人羡慕的、浪漫的、轰轰烈烈的爱情

芳芳是我的另一个朋友，刚刚在朋友圈秀完东方情人节的999朵玫瑰。小雅和她不大熟，但经常通过朋友圈围观她浪漫的、轰轰烈烈的爱情。

她爱着的是一个文艺青年，会弹吉他会唱歌，兴致起时还能填词作曲，情意绵绵地赞颂自己的姑娘和爱情。逢着大小节日，玫瑰、烛光晚餐，花团锦簇的浪漫更是必不可少。那样的日子自是花前月下，当然能在最大限度上满足一个女孩子的虚荣和浪漫。

如果不是偶然去了他们的住所一趟，我也和小雅一样，总是羡慕着别人家的男朋友，然后用别人的生活来要求自己的伴侣，结果则是鸡飞蛋打，弄得一团乱麻。

他们住在租来的一处民房，房间不大，被各种乱七八糟的东西塞得满满当当。

我敲门进去的时候，芳芳正在狭小的卫生间里满头大汗地洗衣

服。作为男人的文艺青年正抱着吉他深情款款地对着俯身劳作的女孩唱歌，芳芳一脸歉意地笑着，说实话，那场面可一点都不浪漫。

事后我小心翼翼地提起，芳芳也面有愁色，男朋友才气纵横是真的，但生活自理能力为零也不假，所以自己必须承担起几乎所有的家务。

这个男人的好明显不接地气，所以当芳芳独自料理琐碎事情力不从心时，也会羡慕别人家的男友能洗衣服、做饭，精心照顾女朋友，就如同小雅的男朋友那样。

我们在羡慕别人的时候，不知道自己也被别人羡慕着。

我们对别人家的男朋友赞不绝口，却不知道自己的男朋友也是别人眼里的绝世好男人。

3. 当别人家的男朋友变成自己的男朋友

幸福本就如人饮水，冷暖自知。

可生活中的种种感受，大家似乎都习惯了通过比较来感知。儿时和别人家的孩子比，长大了，比老公、比工作、比房子、比工资……

比较一来，伤害也就到了。因此总觉得自己事事不如人，生活渐渐就在这样的对比里黯然失色。**其实人生大部分不幸的开端，都是轻易否定了自身，转身却去觊觎别人看似轻松容易的拥有。**

自从"别人家的男朋友"这一野蛮物种开始肆虐横行以来，女孩子们就开始对自己身边的那个他颇有微词。

听朋友说过一个女孩，觉得自己事事都比闺密矮一头，于是处心积虑引诱了闺密那个看起来非常不错的男朋友，为此失去自己交往多年的未婚夫，也葬送了和闺密的友谊。

而那个费尽心机终于得到的男人，在日复一日的柴米油盐里却渐渐露出了不为人知的另一面，许多方面甚至不如前任。只是，当她幡然醒悟之后，她曾经厌弃的另一个男人却早已经成了

"别人家的男朋友"。

可见，不是把别人家的男朋友变成自己的男朋友，爱情和婚姻就可以圆满，人生就能够走上巅峰。

4. 我们都忽略了硬币的另一面

我偶尔也会抱怨高先生，拿别人家的男朋友来揶揄他。

有一天他很认真地跟我说：

"人都不是十全十美的，你选择了憨厚老实的男人，就要接受他的懦弱无能；选择了精明能干的，就准备好等他应酬晚回家吧。"

一句话说到了问题的要害处，我们看别人家的男朋友，看到的似乎都是光鲜亮丽的一面，而有意无意地忽略了硬币的另一面。

你只看到她的老公会赚钱能养家，却不知道她独守空房时的寂寞空虚；

你只看到她的老公每天包揽家务，却不知道他们的日子过得紧巴巴；

你只看到她的老公每天接送上下班，缺不知道他私底下邋遢又小气……

没有谁活得比谁更容易，你站在桥上看风景，殊不知别人也站在桥上看你。许多事情，不过一山看着一山高罢了。

女人的骨子里都会有点虚荣和矫情，爱炫耀爱比较，当期望落了空，脸上无光，心里自然就生出许多小情绪。

爱其实很怕比较，爱更需要的是两人相互迁就相互理解，在一次次的磨合里逐渐靠近对方的期望值。

别人家的男朋友，用来调侃鞭策不伤大雅，但若认真计较起来，闹出大动静，那可真得不偿失。

说不定真有许多姑娘正虎视眈眈着你家的男朋友呢！

谁说爱情不能靠努力

你有没有暗恋过一个光芒四射的人？在自己还是一只丑小鸭的时候……

那时你多半还处在青涩的懵懂年代，心动在不经意的浮光掠影里悄然而至，于是抬头低眸间便流露出了波光粼粼的眼神流转，我们把那叫作情窦初开。

1. 浓墨重彩的人生初见

阿兰的情窦初开，是在十年前的金秋九月。

对少年人来说，九月通常意味着开始，在一个燥热却寂静的暑假过去后，秋风中拉开序幕的新学年似乎也带着几分天高云阔的悠然韵味。尤其，是在升学时。那年阿兰升入了高中，沿着金黄稻浪铺满的田埂一步步走到车水马龙的城市，在这里，她遇见了白杨。

浓墨重彩的人生初见是在军训场上的休息间隙，穿着迷彩服的白杨抱着吉他唱了一首歌，同学们团团而坐围成一个圈，圆圈中心的白杨在那一刻熠熠生辉，照亮了阿兰此后的十多年跋涉。

很久后阿兰还回忆得起他当时低头调弦的样子，午后的阳光照着他的侧脸，他专注的眼神甚是迷人。

那时的阿兰刚满15岁，骤然从乡间来到都市，一身泥泞还未完全褪去，举手投足间透着田野独有的朴实气息。忽然加快的学习节奏也让她感到吃力，短马尾、厚镜片、运动服构成了阿兰最简单不过的青春。而白杨如鱼得水，在社团混得风生水起，却还可以在年级前十名中屹立不倒。

2. 没有水晶鞋，是进不了舞会的

基本上，每个女生的中学时代都会遇到一两个白杨这样的男孩，他高大帅气，能文能武，就像偶像剧里走出来的白马王子，在最大程度上满足了女孩们对异性所有的美好幻想。因此，当时暗恋白杨的姑娘也不仅仅只有阿兰一个。

女孩们争奇斗艳，似水流年里的如花美眷，在白杨周围开得热热闹闹。也有几个姑娘和他走得很近，阿兰远远看着，不惊不恼。在那个时候，她的少女心思还被自卑层层叠叠地包裹着，所以没人可以看破。

从还是个小女孩开始，阿兰最爱的童话就是《灰姑娘》。对出身寒微的她来说，那个故事存在的更多意义是激励和鞭策，**当其他姑娘还沉浸在幻想中时，阿兰却在思考，怎么获取那身华丽璀璨的礼服，怎么得到那一双精致剔透的水晶鞋？**

生活毕竟不是童话，仙女我们都遇不到，那么，她就只能靠自己的力量去寻找那双倾倒众生的水晶鞋。可在很长一段时间内，她也不知道该从何处去努力。

没有水晶鞋，是进不了舞会的。得不到入场券，从开头便就输了……

3. 她看见了寻觅水晶鞋的方向

直到有一天，上了小学的阿兰捧回一张奖状。回家的路上许多人在看她，各种各样的目光，赞赏的、羡慕的、欣慰的……她于是在懵懵懂懂中，看见了寻觅水晶鞋的方向。

后来她很努力地读书，一步步地，走到了白杨面前。

爱上王子的灰姑娘，要努力把自己修炼成公主。

高中那三年，除了学业上继续兢兢业业，阿兰还报名参加了学校的健身操队，周末跑去附近的书店看书，一站就是一整天。靠着这一点一滴的积累，原本的乡村丫头竟也渐渐有了些见识，课间闲聊时也可和白杨聊上三两句。慢慢地，两人便熟悉了起来。这时，阿兰在学业上的付出也渐渐有了回报，她的年级排名一点一点吃力地向前挪动着，就像那只一步一步往上爬的蜗牛。

到了文理分科的时候，在那些花枝招展的小姑娘畏惧数理化纷纷转向文科时，阿兰已经可以和白杨头挨着头严肃认真地讨论物理难题了。高三备考那一年，他们俨然是最亲密无间的战友，携手穿越过黑色六月，两人已经基本做到了无话不谈。只是，心里最隐秘的那一点期待，阿兰却始终说不出口。

4. 孤寂大城市里的旧相识

填志愿时，阿兰参照着白杨的志愿表，选了白杨想去的城市。最终，白杨被一所军校提前录取，阿兰便追随着他来到武汉。或许也说不上是追随，因为那个城市也寄托着她海阔天空的梦想，只是他的存在，催开了这艰难寻觅中的一路繁花。

但是进了大学，白杨迅速谈了恋爱。对方是高中时的级花，艺术生出身，就读于家乡的一所三流院校。阿兰依旧什么也没说，只是以朋友的方式陪在他身边。说朋友，却连那个"好"字都在不知不觉间悄悄弄丢了，此时他们已不复当年无间战友，而只是孤寂大城市里的旧相识。

那段日子，阿兰做了很多事。她在图书馆里读了更多的书，听过许多讲座，除了自然科学、人文地理，还包括塑身美体、梳妆打扮。如此内外兼修三两年之后，阿兰摇身一变，由当年的山野丫头进化为大都市里优雅时尚的知识女性。毕业前夕的同学聚会上，薄粉轻施的阿兰毫无疑问成了全场焦点，容颜耀眼其实倒还是其次，难得的是谈吐得体、学识渊博，落落大方且姿容绝代的女子，总是谁都爱的。白杨却正陷于和女友的恩怨纠葛里焦头烂额，四年的恋爱耗尽心血，最终却还是以失败而告终。

阿兰就是在那个最恰当的时候走进白杨生命里的，故事刚刚开始，可阿兰，却已经跋涉过千里。

5. 道一声珍重，那珍重里有蜜甜的忧愁

他们一起回武汉，坐着慢悠悠的绿皮火车。春运期间一票难求，无奈之下买了站票。人山人海里不免生出些相依为命的温暖，四目相对之下，也不知是谁的眼睛泄露了天机，两只手便自然而然地牵到了一起。

这样的爱情，按理说阿兰是落了下风的。得来不易的东西，到了手不免还小心翼翼，患得患失，反而更容易失去。心动多年的男子终于青睐自己，阿兰的确是欢喜万分的，但那份欢喜被多年练就的波澜不惊严严实实包裹着，呈现在脸上，依然是一副云淡风轻。反而是白杨，眼见着丑小鸭变成白天鹅展翅高飞，惊喜之余却也有些忐忑，似乎一个不小心，阿兰便会乘风而去。

两人相恋不到半年，便面临着毕业。军校生白杨被分配到了西藏，世界屋脊，万里之遥。这场故事一开幕，便是仓皇伤感的离别大戏。阿兰忍住眼泪，轻声说我等你，到了他即将上车挥手告别时，又匆忙跑过去，附在他耳边悄悄说一句："其实，我已经等你很多年了。"

白杨如遭雷击，抬头只见阿兰笑中带泪。隔着窗玻璃，他蓦然想起那句诗："道一声珍重，道一声珍重，那珍重里有蜜甜的忧愁。"

6. 鲜花在萌芽、在绽放

异地恋是最难熬的。

许多年轻恋人的爱情都输给了时间和距离，只有阿兰和白杨，在三年后圆满修成正果，如愿踏进结婚礼堂。

那天的阿兰一袭白纱，发髻高高盘起，端庄美丽得像是画中走出的人。此时距离她和白杨，相识正好十年。

司仪问起他们的爱情故事，特别提了异地恋如何应对。阿兰的回答只有短短一句："深情而不纠缠，努力做好自己。"过去的三年里，阿兰读了研究生，思念掺杂在学业里，日复一日，当爱情终于结成果实，她付出的所有努力也都有了回应。

爱情事业双丰收，阿兰说，她靠的是努力。

她用了十年时间，一步一步走到了白杨身边。最初时，是爱情在驱使。渐渐地，她便从一点一滴的汗水里看见自己浇灌出的鲜花**在萌芽绽放**。那时，爱情已经不再是全部，因为她拥有了更广阔的世界。所谓的爱一个能给你正能量的人，说的就是这么一回事。

努力过不一定会成功，但不努力一定不会成功。道理就是这么简单，人生如此，爱情亦如此。

第五章

外界噪音太多，我只想过好我自己

守住自己的心，
做更好的自己

买贵的东西，
你就不便宜了？

1. 自身价值与欲望野心

"以后，我要买点贵的东西！"

西西咬着奶茶吸管很认真地对我说，玻璃橱窗里的当季新品琳琅满目。她扔掉奶茶，狠狠拉了我一把："走！"

逛了好半天，西西看上一件长款风衣，标价将近两千，她一咬牙，掏出信用卡准备刷。我悄悄拉住她："这个月不打算活了？那么贵的衣服……"

她的脸上现出犹豫挣扎的表情，最终还是将卡递了出去。"不买点贵的东西，我只会越来越便宜！"

这句话却说得铿锵有力，似乎是在为自己花钱找一个堂而皇之的理由。我只得耸耸肩，由着她去。

但我不认为，一个月薪三千的文员花两千块钱买一件风衣有多么高贵。一个人的价值，难道仅仅是衣装打扮就能体现的？大错特错！

果然，还没熬到下次发工资，西西便财政告急，早饭和晚饭都省了，整个人脸色蜡黄，萎靡不振。

她那一堆兰蔻、雅诗兰黛也没能把憔悴的神色拯救回来，工作效率迅速下降，被主管狠狠批评了一通。自身工作尚且如此，更不要说为了开源去学习、去兼职了。

我说了她几句，她振振有词："我这是富养自己呢，好女人都这么贵，你知不知道？"

可我认为这只是虚荣心在作祟，理由很简单，她的自身价值与欲望野心并不匹配。

透支得来的一切物质享受在没激起你的斗志、成为鞭策良方前，往往能让你坠入深渊。

2. 好姑娘都很贵，贵在自身价值

贵的东西当然好，雅诗兰黛的护肤品好用过百雀羚N倍，曼妮芬的内衣也永远比都市丽人合身舒服。

一分钱一分货是永恒的真理，好东西的质感与服务能在无形中提升我们的气质与精神，催生出追求高品质生活的斗志和勇气。所以，许多鸡汤文都在不遗余力地教导姑娘们，一定要买贵的东西，要让自己的价值在衣食住行中得到最直接的觉醒与体现。

有道理吗？当然！

很多时候，物质都是激励我们前进的重要动力。人类的消费欲望推动着社会发展，个人的消费欲望自然也是某种程度上的成长、成才催化剂。

遗憾的是，许多姑娘总是弄错主次关系，将物质先于个人价值之前，为自己那些并不恰当的欲望寻找一块最合理的遮羞布。其实省吃俭用捉襟见肘去买一件大衣，不见得比穿着打折羽绒服更光鲜亮丽。

与其绞尽脑汁省钱买买买，不如先倾尽全力去提升自身价值。

"好姑娘都很贵"，指的可不是在吃穿用度上穷奢极欲。真正贵的，是你的谈吐风度、知识眼界、能力学识组成的个人形象与价值。

3. 真正的昂贵，是由内而外的

真正昂贵的女人什么样?

我身边有个活生生的答案。高中好友小露，近日见面我才发现她已成功变身肤白貌美的气质美女，博士毕业后顺利签约广州一家外企，拿的是年薪。

当年她可不这样，我们一起在小县城求学时，个个都是土妞一枚。

她的改变，源于一瓶迪奥香水。刷信用卡买了香水后，为了还款，她开始兼职打工，在一家高档咖啡厅做服务员。这家咖啡馆需要招待外国顾客，她不得不苦练英语，从此如同打开了新世界的大门，人生开了挂似的一路向前。

但背后的努力与汗水，只有她自己才知道。而我知道的是，她从来都不是愿意将就的女生。

大一时，她不喜欢自己的专业，但是转系条件很苛刻，需要学期综合成绩达到年级前五。不少想转专业的同学望而却步，可小露硬是一口气考到年级第一，如愿以偿到了心仪的金融系。

全方位的不将就才是提升人生品质的关键，大到人生规划，小到一日三餐，丝袜的质感和重量，事无巨细，用努力将自己置于最舒适优良的环境里，再悉心保持下去。

而要合理合法得到那一切，作为一个普通女子，除了倾尽全力，别无他法。

这才是不将就的昂贵女人。

所以，姑娘，挤公交吃泡面攒下钱来买一瓶香水，并不能让你看起来很昂贵。

不如将时间用来充电努力，等到可以轻松自如拿下爱马仕包包，即使穿着拖鞋、T恤挎着菜篮上街，你的气场也可以强大无比。

真正的昂贵，不是由表及里，而是从内到外。

4. 用心爱自己的女人，永远不会廉价

没钱时，日子就一定只能凑合着过出一股子廉价便宜味儿吗？

其实也不尽然。凑合与将就的反面，未必就是金钱堆积出的黄灿灿、金闪闪。

民国时有位名叫郭婉莹的大家千金，"文革"时被没收了所有家产，还被下放到农场洗马桶。

低到尘埃里的日子，收入仅能维持生存，曾经的衣香鬓影都成了旧梦。但郭婉莹依旧能够穿着浆洗得干干净净、整整齐齐的布旗袍去刷马桶，用一只小铝锅在煤炉上烤一个纯正的彼得堡风味蛋糕，将日子安排得有声有色。

局势稍好一点后，她开始从事英文教育，直到去世，都维持着工作状态，体体面面地走完一生。

有一种高贵，是从女人的骨子里生长出来的，是荆钗布裙、粗茶淡饭也难以遮掩住的流光溢彩。这样的女人，通常独立、自信而富有生活情调。

在租来的房间里铺一块亚麻桌布，玻璃瓶里插上一束淡紫色干花，早起一小时精心准备早餐并摆盘装好。淘来的丝巾胸花认真搭配，早睡早起保持好气色，坚持锻炼塑造好身材……

用心爱自己的女人，永远不会廉价。

但是，姑娘，这一观点并不是要让你舍不得吃穿用度，在烟火人间里将自己慢慢熬成一个黄脸婆。

勤劳依旧是美德，过度的节俭却不为人称道。毕竟我们终其一生，想要的都是自己好一点，再好一点，活出足够的美丽和骄傲。

所以，想买贵的东西，你就努力去挣钱而不是省钱。好生活不是省出来的，而是挣出来。但你也要知道，世上也有许多事情，不是努力了就一定能达到目的。

那么你能做的，就是在自己的能力内，用双手和大脑去创造最优质的生活，不负自己，不负人生。

有些事有些心情，
要区别对待

1. 怎样发朋友圈不low

国庆完婚，顺便度蜜月。

在海边第二天，爸爸问我："玩得好不好？怎么你都不发朋友圈？"

爸爸去年才开始用微信，正是兴致勃勃的时候。他喜欢在朋友圈写诗作赋分享点滴，更习惯通过朋友圈，来了解儿女们离他越来越远的生活。

在他的眼里，朋友圈是和孩子沟通的桥梁，也是暮年光景里可打发时间、可寄托情思的新奇玩意儿。

可我却不太敢发朋友圈，尤其是这种事关吃喝玩乐的小腔调、小情绪。因为这种行为，早就被贴上了low的标签。

比如我的一个学妹，在朋友圈晒精致早餐被喷，无端端破坏了好心情。所以遇到此类情况，我总是慎之又慎。

不知道从什么时候开始，我们发朋友圈前会犹豫再三，害怕被别人认为自己太虚荣、太矫情，许多图片、文字编辑好，最终还是选择了删除。

大家都说，内敛沉静的人是不会随随便便发朋友圈的。你的弱点和短处，都会通过那些文字和图片，赤裸裸暴露在所有人的视线里。所以，不如不发。

但腾讯开发朋友圈的初衷不就是为了让大家记录生活里的瞬间？美妙也好，哀伤也罢，有文字与图片为证，日后回忆起来，才会因为有凭证而真实可感。

可是你知道的，总有人在暗地里嘲笑你晒酒店晒美食太装逼，诅咒你秀恩爱分得快。但也总有人，抱着手机等待你的只言片语，并从中分析、猜测你过得好不好。

并不是所有人都对你鸡毛蒜皮的人生感兴趣，但也总有人想看见你热闹沸腾的滚滚红尘。

我补发了一路的旅途风景，晒自拍晒美食，设置了仅亲人和闺密可见。朋友们热烈地点赞评论，向我们询问北海旅游攻略。其乐融融，也相安无事。

有些事有些心情，不适合深埋心底，也不适合说给所有人听。此时最好的选择便是，有区别地展示对待。

2. 一份被体贴被善待的善意

现在的朋友圈，已经不再是当初那个简单的社交工具了。在它融合了交流、交易、游戏、生活等各种功能之后，我们的好友越加越多，朋友圈出现的各类信息也开始良莠不齐。

看那刷屏的广告，千篇一律的微商文案，我们总是暗自吐槽着，却又碍于情分和面子，无法删除或屏蔽朋友。

前几天参加一个聚会，偶然得知刚刚晋级宝妈的高中同学在做微商。我有点吃惊，问她说："你在做微商吗？怎么我从没看到你发朋友圈？"

她笑了笑："因为我分组了啊，你们还没打算要孩子，自然对我卖的纸尿裤不感兴趣。我只发给有需求的顾客看，还是不打扰大家比较好。"

我有些愕然，同时也充满着莫名的感动。**这样的被屏蔽并没有让我有被怠慢被轻视的感觉，相反的，它传达出一种温柔的善意，让我们被体贴、被善待。**

从这个角度来看，朋友圈的分组功能一点都不可怕，反而特别人性。给微信好友分组，何尝不是一种知趣的识大体？

推销东西或是晒心情求点赞，能自主为朋友过滤选择，耍一个小小心机，却正是能为别人考虑的集中体现呢。

3. 给个人隐私设上一层保护

生完孩子后，姐姐迅速变身晒娃狂魔。

初为人母的喜悦，化作手机屏幕上的像素集合，传达给了千里之外的我们。即使不在身边，我们好像也见证了小外甥的成长，牙牙学语、蹒跚学步，无一不是惊喜。

可有一段时间，姐姐的晒娃活动忽然毫无征兆地停止了。问了她我才知道，原来是她看了一些文章，得知晒娃被许多人不齿。

"说不定人家一边点赞一边骂我家宝宝丑呢，再说宝宝照片泄露好像也不太好。"她患得患失，言语间似乎却又控制不住晒娃的洪荒之力。

在父母和我们这些亲人眼里，孩子自然聪明漂亮，但是否有人会恶意讽刺甚至对照片加以利用，那可真的说不定。

好在不久后微信的分组功能便闪亮登场，姐姐设置了分组，小外甥又活泼可爱的出现在了我们的生活里。

闲来无事时，我喜欢翻看远方朋友的朋友圈。时间与空间阻隔之下，唯有图片能够活色生香地勾勒他们的生活，谁家的孩子满月了，谁和老公去吃了一顿大餐，细细碎碎的，仿佛我们的日子依旧相连着，友情的温度便从未冷去。

其实我很喜欢秀恩爱，写些旖旎缠绵的句子，矫情地发发疯。然而这种小女人的矫揉造作，在小天地里表现出来是情趣盎然，放在众多看客面前，可就贻笑大方了。

网络的虚拟世界，其实也和现实生活一样，存在着亲疏远近的区别，我们那些极度私人的一面，有时候，真的不愿意点头之交也来凑热闹。所以，用分组来给个人隐私设一层保护，又有什么大不了？

4. 我们都在社会中扮演着不同的角色

有句话说"圈子不同，不必强融"，但我们，早已过了单一圈子的年代。

就我个人来说，除了朝九晚五的上班族，我身上还贴着"自由撰稿人""肾移植患者""微商城管理员"的标签，我的生活，分属于好几个井水不犯河水的圈子。

我的病友们，可能会对我每天的上新货物嗤之以鼻。同样的，一起写文章玩成语接龙的人，大概会很厌倦我因为伤病，而时不时传达出的悲观消极情绪。

你了解她的A面，但B面，极有可能是你一辈子都不能真正感同身受的。若是对方将那一面隐藏起来，想必也有她的理由或者苦衷。而你自己，肯定也有戴着面具示人的那一面吧？

那些认为分组可见是朋友圈最可怕功能的人，往往怀疑对方分组后会背着另一半去撩拨别人，或者装出另一副假惺惺的样子，比如勤奋加班的好员工、风情万种的艳女郎、清纯可人的白莲花……用不同的身份将朋友玩弄于股掌之上。

可是朋友啊，那毕竟是少数。更何况，人性本来就是多面的，我们本就在社会中扮演着不同的角色，在老板面前、父母面前、闺密面前、老公面前，本就是截然不同的模样。

再说了，难道你从朋友圈就能判断出一个人的真面目？别傻了吧，真正认识一个人，永远不可能只通过网络。

钱不是安全感，
赚钱的能力才是

1. 安全感，是生活稳定安宁

当我们谈论安全感时，敏姐给我讲述了她生命里最难忘的一个夜晚。

那时她毕业还不到三个月，租住在城中村的一处民房里，四周都是苍蝇小馆、煎饼摊，治安环境当然也说不上多么好。

可是没办法啊，城中村租金便宜，不到两千元的试用期工资，除掉穿衣吃饭与交际应酬，能花在住房上的已寥寥无几。不得已，只好在民房栖身。

一个加班晚归的夜晚，敏姐拖着疲倦的身子回去，却发现房门大开，屋子里的东西被翻得乱七八糟，所幸银行卡和重要证件都随身携带，但抽屉里零零散散的钱财都被洗劫一空，包括最值钱的一台笔记本电脑。

"那一瞬间我的第一反应不是丢了多少钱，而是害怕，彻头彻尾的害怕。"涉世未深的女孩子，突遭厄运，除了流着泪给父母打电话，似乎也没有更好的法子。可父母在千里之外，除了安慰也起不到实质作用。她在妈妈的指点下战战兢兢报了警，做完笔录回来夜已深沉。走在昏黄的路灯下，只觉得到处都"有刁民想害朕"。

生命里最漫长的一夜，即使门锁已及时修好，敏姐还是辗转反侧不敢入睡，只觉得一闭上眼睛就听见撬门入室的声音。折腾了大半夜，昏沉沉睡去，也是噩梦连连。她从睡梦中惊醒，异乡的夜色依旧朦胧，天还没亮，心里依旧充满了强烈的不安全感。

那时的梦想，就是尽快转正加薪，到有物管的小区里租一间可以安心睡觉的房子。

所以，安全感到底是个什么鬼？

所谓安全感就是渴望稳定、安全的心理需求，属于个人内在精神需求。

这是度娘给出的答案，简单明了，通俗易懂。稳定、安全，这些抽象的词对那一刻的敏姐来说，就是一间不会被轻易闯入的屋子。而获得安全感的方式也很简单，升职加薪，挣更多的钱住上好房子。

"安全感，其实都是钱给的。"已经买下房子的敏姐脸上多了许多从容镇定，"只有初生牛犊不怕虎，不知恐惧为何物的时候，你才会视金钱如粪土。"因为很少有人，能从颠沛流离的日子里感觉到快乐和幸福。

别说我太俗，一套房子、一辆车子、几件家电家具，钱财换来的东西，有时真的能够抚慰人心，将那种叫作安全感的看不见、摸不着的东西踏踏实实地揣进心里。

我们爱钱，未必是因为钱能带来享受或是荣光，有时候，仅仅是需要它来终结内心那一份仓皇的颠沛流离。

2. 安全感，是生命平安有保障

拿钱买命的感受，年轻人或许还不会懂。

可我在20多岁的时候，就真真切切地知道了性命与money息息相关，从此周身便挂了一股不想遮掩的金钱味道。因为对重病的我来说，有钱才能活命啊，就是这么赤裸裸的深刻的而又略带丑恶的道理。

某一次住院，我和一个中年农妇被分在了同一间病房。她也是肾衰竭晚期，一张黝黑涨肿的脸，毫无血色的嘴唇终日紧闭着。她独自来住院，没有陪护，医生手里的病危通知书无人可签，问到何时会有家人来时，她始终答非所问："医生，我明天可以出院吗？我不想住院了。"

医生摇头，她便黯然下去，依旧不提家人的事情。我偷偷看了她几眼，只见一身过了时的旧衣裳包裹着一副瘦弱的身躯，粗黑的双手紧紧抓着一个同样陈旧的小布包。一个普通的农妇形象，此刻因为病人的憔悴与惶恐，又多了几分凄楚和可怜。

第二天，她开始和病房里的大妈、婶婶们断断续续说了几句话。我听出她的丈夫是残疾人，儿子有智力障碍，如今自己又被查出尿毒症，日子走到了绝望边缘。所以她一直絮絮叨叨着："我不透析，我回去喝喝草药看，不行就死吧……"包括我妈妈在内的大婶们积极开导着她，告诉她新农合报销后，每个月的透析费只需500多块钱。她还是摇头，心酸地表示500块钱也拿不出，说着话，眼泪就簌簌而下。

第四天她的丈夫拄着拐棍来办出院手续，两人挽着小布包蹒跚离去，此后我再未见过这对夫妻。

是的，有时候，500块钱就能要了一个人的命，摧毁一个风雨飘摇的家庭。

在金钱面前，生命根本就无法平等。

我的肾移植手术，是借遍了所有的亲戚朋友，甚至发动募捐才完成的，但几十万人民币换来的健康安宁却不能一劳永逸。我偶尔也战战兢兢如履薄冰，心情好的时候会买几注彩票渴望发一笔横财，因为那样一来，我就有下一次移植的资本了。也因此，我至今也不敢懈怠工作，不敢任性地满世界去看看。

我这样说，并不是说金钱就扼住了命运的喉咙，只是，缺失的安全感如同内心的一道裂缝，能够填补它的有爱、有阳光，但最主要的，还是支撑起生命的钱啊。尤其是在父母渐渐老去，开始体弱多病的时候，钱也是为你延续亲情的重要资本，它可以帮你多买一些可以和父母共度的时光。

不缺钱的人才有资格认为安全感与钱无关。

3. 安全感，是爱情不可或缺的保障

对女孩子来说，安全感的缺乏还容易出现在恋爱时。

小唯的男朋友出身贫寒，单枪匹马奋斗，对大城市的高物价望洋兴叹。两人的婚事，小唯家里是反对的，因为不忍心娇滴滴的独生女儿跟着穷小子吃苦。父母四处托人给她介绍对象，希望能够觅得金龟婿，让女儿过上好日子。

可小唯真心实意爱着对方，也坚信努力肯干的男友终会有出息。一出现代版的《梁山伯与祝英台》，成败其实就在于金钱多寡。好在小唯自身也是个优秀出色的姑娘，自己工资不低，还能不时利用出色的外语做做兼职。自己买花戴的同时尚有结余，每当父母逼迫相亲，她就理直气壮地表示自己不差钱，根本不必通过男人来提高生活水平。

父母无奈，渐渐地也就把反对的声音降低了许多。有时候，能够实实在在捍卫一段感情的东西，就是金钱，男女都一样。

我努力赚钱，不只是因为我爱钱，而是这辈子，我不想因为钱不能和谁在一起，也不想因为钱而失去谁。

这句话你一定听过吧，其实这就是爱情里的安全感之一啊，而另一种安全感，则关乎女孩子的自尊和底气。

马苏买房子的故事流传甚广，据说在一个吵架后被孔令辉赶出家门的夜晚，马苏下定决心要拥有一个属于自己的房子，从此后成了拼命三娘和铁公鸡的代言人，卧薪尝胆好几年，终于给自己置办了一座极尽奢华的"马家庄"。从此后再也不用担心争吵后无处可去，一个房子，在那个时候就是心灵的栖息港湾，你知道它在那里，谁也夺不走、抢不去，就会无比安心而从容。

钱能让人活得有底气，工作也好，爱情也罢，没人能够强迫你，也没人能够看轻你。

所以，请在合理合法的范围内，努力挣钱吧，姑娘。

因为，一个平凡女孩最极致的安全感，来源于自己的挣钱能力，因为钱能衍生出房子、车子，以及大部分能让你定下心来的东西。

相比你自己，
爹娘才更该被富养

1. 你的父母进过现代化的电影院吗

《湄公河行动》上映那几天，爸爸正好来看我。想到同题材电视剧播出时老爷子追剧的狂热，我便临时决定带他去看一场电影。

"爸，我带你去看电影吧，《湄公河行动》。"

"要钱不？"他有点犹豫，也有点兴奋，"要不要带小凳子？"

"小凳子？"我愣了几秒钟，然后哈哈大笑起来，笑完了看着一脸认真的爸爸，一阵心酸却忽然涌上心头。

他对电影的认知还停留在他的时代里，露天大操场、小板凳，自备着花生、瓜子，在月光下看一出别人的悲欢离合。听起来有种怀旧的浪漫，事实上却是早已落后于时代的尴尬。

也许你和我一样，戴着3D眼镜欣赏一部部情节曲折、特技效果超棒的电影时，不会想到父母还从未进过现代化的电影院。

那天的爸爸兴致高涨，拍了九张照片发朋友圈，直赞大屏幕看起来舒服极了。他已经戴上了老花镜，平时用手机看视频，确实不太得劲儿。

可我，却有点内疚。

我想起了小时候，特别想要一台电视里天天广告着的小霸王学习机。农村没得卖，爸爸抽空去了一趟县城，花了800多块钱给我买了一台，让我练习五笔打字，不输在起跑线上。

那时的800块，真的不算少。

和大部分父母一样，他们在自己能力范围内用心富养着孩子，可孩子长大了，却很少想到要富养爸妈。

2. 最根本的孝顺就是物质富养

除夕前两天，朋友小夏晒出了父母的午餐，点开一看，只见两碗白米饭旁摆着一碗不太新鲜的水煮青菜，还有两块吃了一半的腐乳。小夏配了个泪流满面的表情，又在评论里说："搞个突然袭击回家，却发现爸妈就吃这个……"

小夏是我的同事，是个穿着昂贵衣裳、用着香奈儿的时髦girl，偶尔也认真化了妆穿上晚礼服去听一场音乐会，她时常挂在嘴边的一句话就是："就得对自己好一点，富养自己才是王道！"

"富养"这个词儿最近特别火。

从最早的富养女儿、富养妻子，再到富养自己，我们几乎都认同这样的观点，在能力范围内给自己买最好的，用最好的。以高品质来促成高品位，才是生活的本质。

小夏就是富养自己的坚定拥护者，可那一天，她感慨万分地表示："爸爸妈妈可能才是最需要富养的。"

我内心一震，便点开聊天窗口向她询问。

原来小夏的家庭条件并不算太好，父母含辛茹苦供她上学。家里虽不富裕，却也从没让她受过委屈。小夏也并不是没良心，只是每次打算给家用，父母都会阻止道："我们不缺钱，你留着自己花！"

她信以为真，便安安心心将自己养成一朵娇艳名花，却不知花朵的根茎，依旧在泥土深处匍匐。直到忽然回家瞥见父母的真实状态，才感到莫名心酸、自责以及悲伤。

父母尚在穷困中苟且，你却以富养为由，高调渲染着自己的诗歌和远方。我想，任何一个有良知的孩子，都不可能心安理得地享受生活而对父母坐视不理吧。

和我们小时候理直气壮的索取不同，很少有父母会主动开口诉说自己的难处。所以，主动给父母一个体面的晚年很重要，尤其是经济窘迫的父母，最根本的孝顺其实就是简单粗暴的物质富养啊。

3. 富养包括物质但不仅限于物质

朋友在一次聚会上吐槽他那个容易被人忽悠骗钱的老外婆。

外婆70多岁了，子孙满堂却一直不愿进城生活，始终一个人守着老家的屋子。老人家身子硬朗，零花钱也富足，无事可做时，便跟着同伴去听各种各样的健康讲座。

在销售人员的忽悠下，老外婆买了各种各样的三无药酒和养生器材，最夸张的一次，花300元买了个市价不到50元的"太阳能电筒"。

朋友哭笑不得，可当我质疑他们对老外婆关心不够时，他表示了不服："怎么不够了？给她那么多钱，足够她花了。"

呵呵，我们都知道富养包括物质但不仅限于物质。

再往下聊，果然，儿孙们忙于工作，回家探望一般三两个月一次，匆忙几个小时，一起到镇上最豪华的饭店吃完饭，再去超市大肆采购一番。然后送外婆回家，略坐一坐，便急着回城了。

一个风烛残年的老人独居一室，有再多钱都算不上颐养天年。

钞票营造出的物质丰裕只是富的表象，失去了内在的爱与陪伴作为支撑，富养也不过浮于表面，并非老人真正所想所需。

每一个容易被忽悠的老人背后，都有几个疏于照顾的儿女。其实你知道的，任何一种富养，都以精神上的富足为根本。但为父母花钱的人很多，能够每天抽出点时间来陪爹娘说说闲话、拉拉家常的却很少。

所以有时候，你的富养父母根本不得法。

4. 对父母最好的富养

乾隆皇帝是个大孝子，提出了对母亲要以"天下养"。

吃穿用度上奢侈无度自不必说，重要的是每次南巡，他都会把老太后带上，几次下江南、上五台山，母亲都跟在身边。前半辈子困于深宫高墙内，下半辈子却在儿子的陪同下游历大江南北，其幸福指数绝对可以列入上下五千年太后之最。

他富有天下，他是四海之王，富养母亲轻而易举。难得的是那份体贴和耐心，你看，即使到了今天，也很少有人做得到每次旅游都把老娘带在身边吧?

前几天,我在本地论坛看到一条求助信息。发帖人在询问,哪里有便宜点的养老院。

虽然不知道帖子背后的故事,"便宜的养老院"这六个字还是刺痛了我的眼睛,《好了歌》里那句话不自觉浮上心头来:

痴心父母古来多,孝顺儿孙谁见了?

富养父母,我不认为有很多很多钱才可以。

我曾在一家饭店见到一对母子,母亲似乎有点老年痴呆,唠唠叨叨却前言不搭后语。儿子耐心听着微微笑着,不时掏出纸巾给母亲擦嘴。

做好的红烧鱼端上来,母亲欢呼雀跃,儿子夹出鱼脊梁上最好的一块放进她面前的小碟子。母亲正要动筷子,却又把碟子推到儿子面前。她仰着头说着"你吃你吃",神色里透着天真与慈爱的奇异混合。

母子俩衣着朴素,但眼睛里的笑容熠熠生辉。不过就是一条鱼,不过就是温柔的笑容和言语,但老太太感觉得到自己被宝贝、被呵护着。

这就是对父母最好的富养了吧,比富养女儿更简单,比富养自己更深情。

为什么要富养父母,应该不需要多作解释。

那是古诗说的"谁言寸草心,报得三春晖"。更是一种天性反应,由血脉牵引着,自然而然。

可事实上,大部分父母对子女几乎都没有任何要求,希望与期盼都是层层叠叠隐藏起来的。就像你给妈妈买了双几百元的鞋子,她表面上嫌贵,却穿着它四处炫耀。

你的富养，可以满足父母那点卑微的虚荣心，让他们活得更有底气。

　　所以当有人问我一个女孩为什么要那么努力时，我想说，除了给自己买迪奥、买香奈儿，我还想带爸妈出国看看，给他们买昂贵的衣服鞋袜，吃珍馐大餐，弥补他们大半生的辛苦。

　　因为你的努力里，也暗藏了父母生活的样子，积蓄着富养亲人的力量。

长大后，
我们都成了普通人

1. 我们都活成了曾被嘲笑的那句话

初中时，有个命题作文叫作"20年后的我"。

你肯定也写过类似的作文，稚嫩的笔尖，涂抹着未来的光景，写着满满的期待，相信自己长大后可以叱咤风云，成为改变世界的那个人。

班上有个女生，写自己攻破了艾滋病毒，获得诺贝尔医学奖，穿着一身旗袍发表纯英文演说；

另一个男生，说自己成了运动健儿，带领中国足球队赢得一场又一场比赛，堪称国之栋梁；

还有人成了亿万富翁、有人做了高官政要、有人当了电影明星，五花八门的20年后，名利场上的流光溢彩似乎都有我们的份。可是我们的语文老师，却选了风格完全不一致的另一篇文章当作范文。

那是一个不太起眼的男生写的，描述了20年后的某一天，妻子过生日。他一大早便忙着买菜做饭，和儿子一起策划了惊喜，一家人和乐融融切蛋糕、吹蜡烛。作文的最后一句话说："妻子幸福地靠在我的肩膀上。"

听完了，我们都哄堂大笑，可那句话却混合着笑声，在我的记忆里回响了许多年。

老师点评说，这篇文章才是最真实的。长大后想起，才惊觉老师一语道破天机。

现在距离写那篇作文，刚好15年。当年畅想未来的少男少女大多已成家立业，做了司机、会计、教师、农民，活在世界某个小角落，喜怒哀乐无人知。

只剩5年的时间，大概已不足以让我们去实现当年的愿望。

大部分人，都没有成为当初想成为的那个人，而是活成了曾被嘲笑的那句话，老婆孩子热炕头，平平凡凡的小日子，有喜也有忧。

2. 成长，是与这日趋平淡的一生握手言和

我当年的那篇作文，刻画的是一个潇洒至极的女作家，题目略彪悍，叫作《独步走天涯》。

那会儿正迷着三毛，沉醉于撒哈拉沙漠里的流浪，也坚信自己的一支笔能够敲开广阔天地的大门，边走边写，快快活活过一生。

我从十几岁就开始写字，每天在方格草稿本上密密麻麻地写着，一直坚持到了16岁，才开始发表作品。进了大学后，也少不了每天1000字的练笔，文章偶有发表，却远不是一鸣惊人。

当时的少女杂志上，和我同期被推荐的作者一炮而红，我却始终寂寂无闻，每天走着和同龄人差别不大的道路。在学校里规规矩矩，上课下课，认真地实习、写论文，只求毕业后找份

好工作。

我从未忘记梦想，但世上的许多事，真的不是努力就可以的。一个人气作家的诞生，需要天时地利人和，光芒万丈之下，凝聚着无数必然和偶然组成的一种叫作时运的东西。

好风不来，再多的努力也不足以将你送上青云路。

后来我大病一场，痊愈后在小县城做了一名小文案，遇见一个普普通通但足够爱我的男人，便披上婚纱踏入围城。

轰轰烈烈的恋爱没谈过，紫陌红尘就扑面而来，生活沉入柴米油盐，日子过得和许多夫妻一样：为谁洗碗划拳，为打游戏、逛淘宝争吵，为几时生孩子烦恼……

幸运的是我依旧写作读书，心里那个驰骋天涯的姑娘始终活着。我以为自己虽接受了生活的平凡和普通，却不曾将整个人生都放逐在茫茫红尘。

少年时我怕自己一生平凡，甚至会在言语间故作高深，以此来伪装自己的浅薄。可当人生走过三分之一，却渐渐明白成长便是与这日趋平淡的一生握手言和。

因为一直在努力，知道平凡不代表一世平庸。心底有乾坤、胸中有丘壑，普通的烟火日子，照样可以过成诗。

3. 成熟，是接受自己的平凡

大勇是我儿时的玩伴之一，如今务农在家，已经儿女双全了，和我聊天时，他自豪地告诉我，今年靠着种土豆挣了将近十万。

他说："我现在也就是个最普通的农民，不过可以养活一家老小，盖栋小别墅，我就觉得自己很了不起。"

这个资质略愚钝的男孩，小时候因为成绩差没少挨训，他经常皱着眉对我诉苦："我是真的读不好书啊！"没有一技之长的他，刚满18岁就背着行囊离家打拼，可始终没混出名堂，便又打点行李回了家。

农民，这份世上最普通的工作，大勇却做得不亦乐乎。他闯荡过，努力过，满世界打拼过，最终发现最适合与自己终生相依的，还是脚下的土地。

童年时，他渴望变成刘德华，站在舞台上一呼百应；现在，他却认为靠着自己的双手挣来一家人的吃穿用度，就是最大的成功。在这个思维转变里，他由责任感牵引着，完成了少年向青年的过渡。

接受了自己的平凡，才是一个人成熟起来的真正标志。

听上去真有点心酸，我走在大街上，看着来来往往的小贩，各自为生活奔波着，终其一生做不了惊天动地的大事，可他们就一定是失败者吗？

作为子女，他们赡养父母；作为伴侣，他们相互依偎；作为父母，他们尽心竭力。一个家庭的平安喜乐，都诞生于此。**普通，并不等同于失败，不代表满盘皆输。**

太阳只有一个，月亮也只有一个，但那些星空密布的夜晚，世界总会格外温柔美丽。做不了月亮，就做一颗星星，夜夜流光相皎洁，静谧的一点微光，但足以照亮某个角落。

4. 人生的三次成长

90%以上的我们，最后都会成为茫茫人海里的普通人。

这本无可厚非，有人造原子弹，也必须有人卖茶叶蛋，一样是为人民服务。一个健康文明的社会，强大的根基是千千万万普通的平民阶层，著名作家梁晓声也说：

没有平凡亦普通的人们的承认，任何一国的任何宪法都没有任何意义，"公民"一词也将因失去了平民成分而变得荒诞可笑。

可我们，为什么还是对平凡的人生心怀恐惧？

有个朋友说，因为平凡的人没有办法过好这一生：住不起好房、开不起好车、受人白眼。似乎只有以强大的名利打底，这一生才算圆满。或许是整个社会的价值观太过单一，衡量成功的价值永远只是肉眼可见的房子、车子、票子。所以，有那么多人抑郁不得志。

可我觉得，真正努力过的人，终将会对最后的结果释怀，哪怕它并不那么尽如人意。因为平凡不可怕，没经历过奋斗便甘于平庸的人生才可怕。

周国平说："人生有三次成长：

一是发现自己不再是世界的中心的时候，

二是发现再怎么努力也无能为力的时候，

三是接受自己的平凡并去享受平凡的时候。"

遗憾的是，太多人止步于第二次成长，没能从广阔天地里发现平凡中的一花一世界，一叶一菩提。

你能力有限、机遇有限，精力也有限，辗转大千世界后蓦然回首，走到灯火阑珊处，依旧可举头望月，俯首吟诗。

这便是一个幸福的平凡人会有的样子。

太痛苦的话，
就放弃吧

1. 放弃也是一种人生智慧

你有没有爱过一个不爱你的人，有没有在机场等过一艘船？

我有过，在我十六七岁的时候。

上个月，有个小姑娘在后台给我发了一条信息，一看到那几行字，我的记忆瞬间便退后了十多年。这条信息是这样说的：

我喜欢上一个男孩，我知道我们不可能在一起，但我就是控制不住想他，反反复复，课也上不好，睡也睡不着……

和我当年一模一样。

那时我喜欢上了隔壁班最帅的男孩，整个人都沉浸在少女怀春的甜蜜和焦虑里。

那个叫作欧阳的男孩，喜欢穿一件棒球服，打篮球时永远是主力，长得剑眉星目，与当时刚刚走红的彭于晏颇有几分相似，几乎满足了当年的我们对男神的所有幻想。

可是因为喜欢他，我变得不快乐。我在暗地里仰望他许久，他却不知道我是谁。我绞尽脑汁想要引起他的注意，带来的后果却是成绩下滑，终日萎靡不振。

相思是能把人杀死的，古代的戏剧都这么演。憋不住的我写了一封情书送去，结果自然是被拒绝。

于是这成了我的一个心结，经历黑色六月，又跟着我千里迢迢奔赴远方，在大学里潜伏了整整四年。

是的，四年里我一直想着他，用尽一切努力加上他的QQ、人人网和微博，拼命点赞评论，为了他偶尔回复的只字片语欢呼雀跃。

我以为感情也可以像学习一样，不抛弃不放弃，拼命去努力去奋斗，就一定会成功。

他20岁生日的时候，我叠了一千只纸鹤，写进了一千个人的祝福寄给他。那一千个人大多是我不认识的，我在自习室里低声恳求过许多人，一个素不相识的女孩写道：

"你要好好爱她，她为了你做了这么多。"

她不知道故事真相，可我知道。我盯着那几个字莫名其妙地掉了泪，我猜测着这一千只纸鹤的命运，为它们失落，更为自己伤悲。

果然，它们飞去了便杳无音讯，而在不久之后，我就得知了他有女朋友的消息。毕业不到一年，两个人就领了证，所以我将近十年的坚持，其实只是一个笑话。

在这世上，付出与收获最无法对等的东西，便是感情。倘若你爱上的人不爱你，盲目的坚持不懈不过将你引入歧途，无端端消耗自己罢了。

"其实放弃也是一种人生智慧，愿你早日懂得。"我这样回复了那个小姑娘，也为自己的过去画上一个句号。

2. 有些工作，越早放弃越好

看《欢乐颂》的时候，我记得邱莹莹说过一句话：早知道就不一定要坐办公室了，一线经营更适合我。

从开头前几集中，我们都看出来了，邱莹莹在原本的职位上做得不是太快乐。

为了满足父亲那个大城市的梦想，能力平平的她只找到了这份鸡肋一般的工作，不死不活地混着，唯一的乐趣大概就是花痴白主管，边干活边发一些小女生的春秋大梦。

后来阴差阳错丢了工作进了咖啡店，开始网上卖咖啡，却意外找到了能让她大放光彩的平台。于是心情好了乌云散了，第二次春天也缓缓走来了。

回头想想当初那份工作，皱着眉头做，流着眼泪忙，真是不要也罢。

和爱情一样，如果一份工作中，**你得不到快乐，也无法获取积极向上的能量，更得不到推动人生向前的力量，那这样的工作并不能实现你的价值，在不影响生存的前提下，越早放弃越好。**

去寻找真正让你热血沸腾的新开始，既然任何时候的开始都来得及，又何须恐惧一次放弃？

所以，我的同学姚姚一直都很庆幸自己在大学时就改变了职场规划。

她是调剂到中文专业的，对之乎者也一点都不感兴趣。但是"既来之则安之"，大家都这么安慰自己，于是便拉开了坚持的大旗，一头扎进了古代汉语里。

过了一学年，姚姚觉得自己学得越来越痛苦，拼尽全力依旧发现不了艰涩古文里隐藏的乐趣。

再三思索，她报了经管学院的金融专业作为第二学位。从此后，重心转移到了金融学习，本专业则只求及格。

毕业时，姚姚揣着两个学位证，信心满满地进了一家国有银行，如愿干起了与数字、人民币打交道的活儿。

放弃，并不代表你就是弱者。懂得权衡利弊，有所坚持有所舍弃，何弱之有？

那简直是情商爆棚好吗？

3. 放弃减肥不代表放弃整个人生

看到郑欣宜放弃减肥，重新做回那个胖嘟嘟的女孩时，我有点唏嘘，但也为她高兴。

遗传了母亲沈殿霞肥胖体质的她，从小就不瘦。16岁时，为了更美更健康，郑欣宜开启了魔鬼式减肥训练，从220斤减到了124斤。

当年那一组泳装写真里的她玲珑有致，成为了众多超重人士的励志女神。

可减肥成功的郑欣宜烦恼却更多，作为一个体质易胖且携带遗传肥胖基因的她，保持体重简直难于上青天。

"身体已经习惯了肥胖生活，任我怎么吃药、怎样忌口，怎样去运动，胃痛依然都在，身体仿佛告诉我，我不够饱、吃得不够，胃痛的伙伴就是失眠，无数个夜晚都问自己，我就是这样过日子吗？"

几乎全香港的记者都在盯着她的体重，稍胖一点，催减肥的声音便此起彼伏。开始时她总是信心满满地瘦回去，可时间久了，忽胖忽瘦的身心煎熬让她再也不想继续减肥。然后她放弃了，声称要做回自己，令自己最快乐、最健康。

她依旧健身，依旧运动，放弃了减肥不代表放弃整个人生。因此当化着美丽的妆容，造型百变的郑欣宜在舞台上劲歌热舞时，我们都被她的"放弃"深深打动了。

　　放弃减肥、放弃美白、放弃成为世俗眼光里的美人很可怕吗？

　　真的不见得，美人的标准本就多变。而别人口中的不好看，难道比在煎熬和痛苦里过完一生更可怕吗？

　　很多人都在告诉你，不能放弃呀，好像只要再坚持一下，你就能看见春光明媚，所有的一切都会好起来。

　　有的东西的确不能放弃。比如学习与工作中的努力，比如困境中的希望，比如你始终热爱的梦想，再比如来之不易的生命……

　　但有的东西，坚持得越久，就伤你越深。

　　比如走错了的方向，比如不适合你的工作，再比如，一个永远不会爱上你的人……

　　值得你坚持下去的那件事，或许会很艰难，但那份艰难中一定藏着让你向上走的希望和快乐。

　　而那些只能让你感到痛苦，感觉人生毫无希望的事儿，或许根本就不值得坚持，想放弃就放弃吧！

回了小城镇，
也没什么不好

1. 梦想并不一定都在远方

我在朋友圈看到一篇文章，主角是一个放弃城市高薪职业的女孩子。

她和丈夫归隐田园，做陶喝茶、写字做饭。文章配图都是她拍的，一杯一碗、一花一木都沾上了灵气一般，真真把日子过成诗。

于是许多人都隔着手机屏幕发出一声赞叹，赞的是女孩的美丽田园，叹的是自身仍困于水泥森林。但事实上，我们都将梦想放逐在远方，小城镇的安逸与舒适在潜意识里，是与生活的苟且画着等号的。

可不幸的是，你心里偏又藏了一个田园梦。隐居终南山的一家三口、卖了北京的房子去大理，那些不时刷屏的别人的生活，似乎又在一次次撩拨你的心弦。

我想到了高中室友阿春。

高考后填报志愿，大多数同学瞄准的都是北上广，挑的也多是类似金融、法律、国际贸易的专业。那时候的我们，眼里心里都是车水马龙，渴望穿上黑白灰套装和高跟鞋，昂首阔步走在CBD的大理石地板上。

梦想华丽却抽象，隐藏在口口相传的千篇一律里。

只有阿春，毫不犹豫地填了昆明的高校，选了学前教育。对于我们的不解，她是这样说的："我不适合去大城市打拼，我只想有一份喜欢的工作，以后有个和和美美的小家庭。"

她的确是班里第一个实现梦想的人。

毕业后顺利回到家乡小城，签了一家师范学院，两年后嫁给同在小城的公务员男友。她的朋友圈里一派宁静和谐，有牙牙学语的女儿、有出国旅游的风景，也有和学生在一起时的意气风发……

谁都不能否认，她过得很好。毕竟，我们衡量一个人是否幸福时，并不会将她处于小城镇还是大都会作为标准。

2. 适合自己的，才是最好的

你确切地知道自己一头扎进大城市是为了寻找什么吗？

"我不知道。"

这个答案是三年后，从北京返回家乡的丹丹告诉我的。

出身于小学教师家庭的丹丹文静温柔，毕业那年，却铁了心要北漂。父母自然不同意，她搬出诗和远方来驳斥一眼就看得到头的安逸人生，最后挥一挥衣袖飘然而去。

可我知道，她的执意离去里，多的是一时跟风的感性，少的却是对自己的理性分析。

因为她的好友小鱼认为北京才盛得住年轻的雄心壮志。

小鱼雷厉风行，大学时做过学生会主席，偶像是撒切尔夫人，理想是出任CEO、嫁给高富帅、走向人生巅峰。耳濡目染之下，丹丹也认定了去往机会、资源都更丰富的北京，才是通向梦想的唯一正确道路。

然后呢？

丹丹四处碰壁，好不容易才找了个小出纳的活儿。两人租住在近郊，每天匆匆忙忙挤地铁上班。小鱼打了鸡血一般情绪高涨，丹丹却在日复一日的奔波劳碌里渐渐丧失了斗志。以至于三年后小鱼荣升部门主管拿到年薪，丹丹却依然原地踏步，甚至萌生退意。

其实呀，很多年轻人不明白自己想要的究竟是什么。**人生太过迷茫时，向着灯火璀璨的地方去总是不会错的，经历过、见识过，等到了解自己时，不妨再做一次选择。**

就像后来，丹丹回了家乡考上事业单位，小鱼在北京的外企如鱼得水。有人适合慢悠悠的平静时光，而有人，天生就喜欢上战场拼搏厮杀。

不是每一个人都受得了大都市的快节奏，也不是每一个人都忍得了小城镇的世俗平凡。和谈恋爱、结婚一样，适合自己的，就是最好的。

3. 你想要活得飞扬，还是岁月静好？

大城市吸引我们的，是更大的平台与资源。

在那里，没人会在意你的父亲是谁，没人会在意你的身后有什么错综复杂的背景和关系。似乎一切都可以归零，大家在相同的平台上各显其能，输或赢，都坦坦荡荡。

然而，我的表哥，在他工作的第五个年头，毅然辞职离开广州回家乡创业。

直接原因是他的父母亲多病需要照顾，根本原因则在于长期的无归属感导致的孤独与漂泊感无处释放。在某一个发疯一样想吃一碗米线的清晨，他忽然茅塞顿开，收拾行李飞速回到了父母身边。

在此之前，他是广州数以万计空巢青年中的一个，无人与他立黄昏，无人问他粥可温。

女朋友其实陆陆续续谈过几个，但爱情全都死在了高房价与生活的重压之下。和国内无数个笃信努力能够改变命运的上进青年一样，默默坚持5年后，他决定换一条路来走。

我始终相信，活得自在才是所有努力和奋斗的最终指向。至于牺牲了健康与陪伴，在一个陌生的地方苦等着未知的未来，是否真的有价值，那就见仁见智了。

回来后的表哥带着珠三角地区的新广告理念，小公司做得风生水起。房和车不久后都来到了身边，重要的是还可以每天回家吃饭，陪父母聊天。对一个独生子女来说，这才是尽孝的最佳打开方式。

所以，小城市有它的狭隘与偏见，但也有它的温情和可爱。反之亦然，大城市有它的机遇和挑战，也有它的残酷和冷清。

重要的是那一刻的你，想要飞扬年少，还是岁月静好。

我的身边，也有许多从事陶艺制作的年轻人。

他们大多毕业于远方的美术院校，从大城市回归小城镇，拉坯做陶、浓墨点染，梦想大概是闭口不言的。只在偶尔喝多了的时候高谈阔论，才会对着一团泥巴、一个陶坯指点江山，而迷醉了的眼神看向窗外熟悉的万家烟火时，总是无比温柔。

脚下的这片热土，你肯用心耕耘，它便不吝啬丰厚回赠。其实在哪里都是一样的，努力不会永远被辜负。

那一刻的他们，丝毫不输给繁华大世界里，那些西装革履的有为青年。

我也是回了家乡后才想明白的，年少时一心想要飞出去，后来啊，辗转过几个城市，才明白并非远方才安放得下梦想。

回到小城镇，被宁静拉长的时光，不见得就能蹉跎了斗志，凉了沸腾热血。大也好、小也罢，能够滋养梦想的土壤，都是好地方。

不是远方的，或者大城市的，才配叫作梦想。

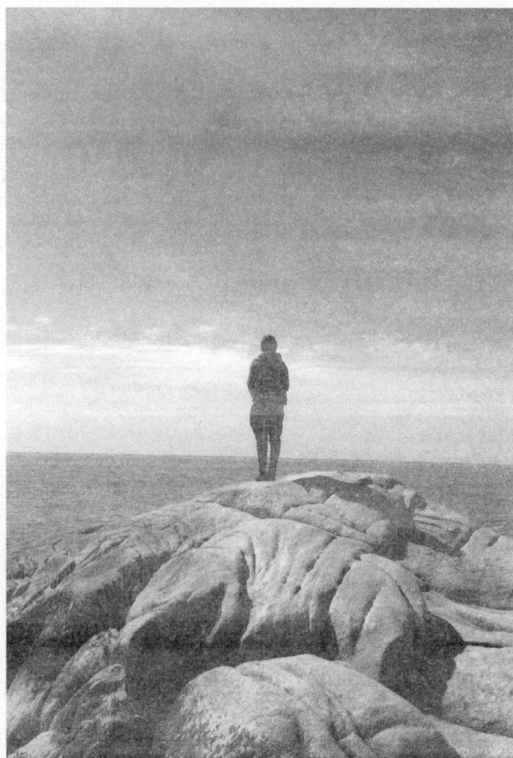

能和你好好吵架的，
才是真爱

1. 吵架也是解决问题的一个契机

吵架是一件伤感情的事儿，这毫无疑问。

可几乎没有谁能做到一辈子不和别人起冲突，即使和最亲密的那个人，也免不了！

我和我的闺密小美就是一对吵了和好、和好再吵的欢喜冤家。我们之间曾爆发过无数次"世界大战"，每一场战都打得严肃认真而轰轰烈烈，甩脸子、口出恶言根本不算什么，火山爆发那一刻，我真的恨不得把她狠狠扔进太平洋喂鲨鱼。

这种感觉你肯定也经历过，和最亲近的人吵架，满腔怒火宣泄得反而更肆无忌惮，因为你无法相信这个人竟然会这样对你，愤怒是叠加着失望的，杀伤力也因此翻了几个倍。可我和小美从很小时便吵吵闹闹着走到现在，非但没有疏远，感情反倒越来越好了。

引发战争的理由总是很可笑，有时候是我和另一个女生挽着手而没注意她，有时候是她打水忘了我的那一份。我们以小女孩的心思斤斤计较着，时刻都盼着对方能达到自己心里"好闺密"的标准，因此一而再再而三地企图通过争吵来改变对方。

有句话说，吵不散、打不走、骂不跑的才是真感情。此言不假，但你也要相信，太多的争吵必然会一点点耗损完两个人之间的感情，最终结局逃不过分道扬镳。

除非，你们的每一场架都没白吵。伤过痛过之后，能总结经验教训，认识到各自的问题，然后修正自身而宽容对方。比如我和小美，冷静下来之后我们总会坐下来，向对方详细说明当时的心理活动，并清晰表达出各自的诉求。说开了我们便发现，其实那些都是无伤大雅的小问题，一时的急火攻心情有可原。只要不触及根本，感情总有挽回余地。我们都珍惜对方，因此能通过冲突逐步磨掉自己的棱角。

你若珍视对方，就会明白解决问题永远比逃避问题更重要。近来我才发现，有时候，吵架也是解决问题的一个契机，尤其是夫妻之间。

两个人在一起久了，难免会失掉一些人生初见时的美好印象。在日复一日的相处里，你会看见女神也邋遢懒惰，大好青年私下也玩游戏成瘾，失望一点点在心底累积起来，矛盾日益加深，一触即发的战争是避免不了的。

毕竟，我们都不是圣人。缺点谁都有，忍耐力却谁都缺。在不尽如人意的烦琐生活里，总会需要一个宣泄口来舒缓舒缓情绪。重要的是，宣泄过后，我们依旧离不开对方，并愿意为对方完善自己，为继续在一起共同努力。

2. 爱情里不能完全避免不和谐的音符

小时候，我特别害怕父母争吵，每当看见他们针锋相对地拉开吵架阵势，就会不由自主地脑补两人闹离婚的可怕场面。幸运的是直到今天，他们还在一起，并且共同面对分担了许多风风雨雨。

但那时候，我坚信恩爱夫妻是不吵架的。书里说才子佳人举案齐眉，童话故事也只讲到王子和公主幸福地生活在一起。所以，我看见的爱情都是蜜里调油一般的，怎么可能出现吵架这种不和谐的音符呢？

直到我有了男朋友，马上就要成为一个妻子时，一向宠着我让着我的未婚夫竟然和我吵起来了。

起因并不复杂，我看不惯他打游戏，他则认为我不理解他。

某天我下班回家，一推开门就看见他窝在电脑桌前，左手夹着烟，右手抓着鼠标奋力战斗，完全沉浸在那个虚拟的搏斗世界里，甚至没有注意到我进门的声音。

又累又饿的我气不打一处来，不问青红皂白就甩了一张百元大钞在他脸上："滚去网吧玩，老娘累了一天要休息！"他抬起头，面色由惊愕转为悲愤。他把钱又狠狠扔在地上，然后就摔门走人。瞬间便是一地狼藉的支离破碎感，我几乎是用尽全力地大声吼了出来："你想干吗？滚了就别再回来！"边说边眼泪横流，似乎全身的血都涌到了脑子里，情绪完全不受支配。

过了十几分钟，渐渐冷静下来的我开始打扫心里那个炮火硝烟燃烧过的战场。许多过来人对我说过，哪儿有不吵架的夫妻？舌头和牙齿还有打架的时候呢，更何况是两个有血有肉有脾气的人？这么一想，我的气慢慢消了下来，再一想，从头到尾他都没说过一句重话，颐指气使的那个人，好像始终都是我。

正暗自检讨着，他就拎着外卖不声不响地回来了。是我最爱吃的蟹黄汤包，他默默放下，又冷着脸走进卧室躺下，依旧用无声宣告着自己的抗议。我边抽泣边往嘴里塞包子，胃被一点点填满，心才缓缓活了过来。

我们的和解却不是稀里糊涂随随便便敷衍的，先是他认真说明了打游戏是因为工作压力太大，接着我承认了自己脾气暴躁遇事冲动，然后我们就共同建设未来的美好新生活达成了一系列口头协议，比如他尽量少玩游戏，比如我不能见风就是雨……

虽是口头协议，我们却都不折不扣地一一执行着，因为对彼此的爱，就是心里最庄重严明的法纪。也许是因为疾风暴雨般的战争让我们长了记性，反正类似的错误是渐渐杜绝了。所谓婚姻里的成长，就如同当年我和小美的相处那样，自私和小心眼被一点点磨掉，原本粗糙的婚姻也在一场接一场的生活洗礼中被打磨得熠熠生辉。

后来我们还是会吵架，有时为一些鸡毛蒜皮的小事，有时是自认为的大是大非。相敬如宾的神仙眷侣太少，大部分普通如你我的平凡夫妻，都是在鸡飞蛋打里磕磕碰碰地各自摸索着。烟火凡尘的日子过着，吃五谷杂粮，有七情六欲，吵吵闹闹的日子本就是人间常态。

所以到了现在，我也不再谈"吵架"就色变了，因为吵架并不可怕，可怕的反而是忍气吞声，把许多不满都埋在心里，消化不了的怒气和怨气久而久之就发酵成了十足的恨，而恨到了极致，一段感情也就大势已去了。

我愿意和你计较，愿意吵吵闹闹，那起码说明，我依然在乎你。

有妈可拼的孩子更好命

同龄人进入生育高峰期，朋友圈渐渐变成了晒娃场。晒娃的多是年轻妈妈，满腔母爱急待释放，五花八门的生活方式和育儿观念也因此浮出水面。

有意思的是，我的朋友圈里集合着初中没上完的农村妇女和博士毕业的高校教师，可谓谈笑有鸿儒，往来有白丁。透过千姿百态的炫娃，其实我已经隐约看得见这些孩子十几年后的模样。你信不信，有妈可拼的孩子，注定会在奋斗路上省去许多波折和艰辛。

1. 一个优秀的母亲是孩子一生幸运的开端

晒娃狂魔芳芳是我的小学同学，一大早便发着朋友圈高呼王子起床了，配图里有意无意露出了外套的logo，异常显眼。

30分钟后，孩子坐在肯德基里啃炸鸡翅的照片闪亮登场。我看了看表，已经10点半，估计又是一餐早午饭。接着芳芳会晒出各种购物、打牌、做美甲的小视频，偶尔夹杂着孩子的哭闹和她的高声呵斥。

她18岁就当妈了，书没读好，匆忙嫁给了开大货车的丈夫。

那几年生意好做，从云南贩卖蔬菜到广东的丈夫挣了好些钱，夫妻俩便把儿子养成了小皇帝，恨不得把全天下都送到他面前。

所有的妈妈都愿意把最好的东西给孩子，不仅芳芳这样，蕾姐也这样。但她们认为的好东西，明显不一样。

蕾姐也在每天晒早餐，亲手做的小饭团，加了紫菜摆成小熊猫的模样，苹果切块，水煮蛋对半剖开，大口大口吃着的小朋友在她的镜头里甜甜笑着。

蕾姐是我认识的第一个杂志编辑，当年曾为了追寻梦想远走西藏，是个集侠气与才气于一身的美貌女子。

有了孩子以后，岁月仿佛瞬间温柔了下来，她便放下大部分工作，一心一意陪伴孩子。蕾姐坚持每个月给孩子写信，朋友圈里也记录了大量的成长瞬间，读书的、学琴的、看儿童剧的、动物园植物园游玩的……丰富多彩，张弛有度。

我不知道这两个孩子现在怎么样，但有时会想，若干年后，芳芳的儿子和蕾姐的女儿，在学校里用着同样的教材，经历的，却可能是完全不一样的人生。

2. 母亲的学历决定孩子的眼界

小时候，我很羡慕同班同学于晓梦，因为她有一个当老师的妈妈，和我那个脸朝黄土背朝天的母亲完全不同。

于晓梦的作业本总是工工整整，小小年纪就练得一手好字，据说是妈妈手把手教的。每年的六一晚会，她也必然担任小主持，手拿话筒侃侃而谈，自信的笑容仿佛马上就会溢出来。

到了寒暑假，妈妈还会带着她四处旅游，将课本里的抽象描述都化作眼前的生动山水。行了万里路、读了万卷书的于晓梦，始终都是鹤立鸡群一般的存在。

中学她便转学到城里，此后联系寥寥。许多年后听见音讯，才知道她博士毕业后顺利留校，嫁入书香世家，与丈夫琴瑟相和，很是幸福。

羡慕着于晓梦的那些年，我会抱怨自己妈妈不能带我旅游，无法教我写字、画画。但后来我渐渐明白，这是阶层与文化限制下的必然结果。

母爱并没有本质上的区别，但学历高低与知识构成会影响母爱的表达方式和力量强弱。而这，可能就是我和于晓梦的差距日渐拉大的原因。

美国密歇根大学的心理学家桑德拉·唐研究发现，完成了高中或大学学业的妈妈更能养育出高学历的孩子。

高等教育带来的科学育儿观、良好的生活习惯、可及时调控的情绪、得体的待人接物，都会化为亲子教育里的和煦春风，在孩子幼小的心里撒下种子，受益终生。

3. 母亲的性情品德决定孩子的人生走向

我上个月回家时，偶然撞见一个在大街上打骂孩子的年轻女人，那身影瞧着熟悉，定睛一看，才发现是邻居家的小英。孩子可怜兮兮哭着，与儿时的她很像。

小时候，我常常见小英怯生生坐在自家门口，门缝里传出的吵闹声夹杂着恶狠狠的诅咒和脏话。过往行人随口问道："你爸妈又在吵架了？"她便垂下头默默流泪，不安地搓着双手。

小英的妈妈酷爱打麻将，几乎到了废寝忘食的地步。隐约记得那个不务正业的女人，总是随便套着一身睡衣，萎靡不振的眼睛只有在麻将馆里才会光彩熠熠。

母亲常常因为打牌误事，输了钱或是忘记做饭，继而招来父亲的一顿打骂。

被疏于照顾的小英，常常饱一顿饥一顿，泡面和麻辣烫吃成了家常便饭，衣服也邋邋遢遢的，没少受同学们的嘲笑和奚落。她在学校不开心，上完初中就仓促走上社会，渐渐变得暴戾，沦为问题少女。

我们常说"养不教，父之过"。可事实上，母亲的作用较父亲有过之而无不及。

这是我们的生物性决定的，生产、哺乳、说话走路，性格形成早期的养育，大多由母亲来完成。懵懂无知的孩童，会无意识地将与自己关系最密切的妈妈当作一面镜子，模仿着她的一举一动。

于是，母亲的性情与品德会在不知不觉间渗透到孩子的成长中，再缓慢释放到她的整个人生里。一个合格的母亲，或许没有高学历，但绝对不能没有责任心。

所以你看，十几年后做了妈妈的小英，似乎也在重蹈覆辙，将自己多年前受过的苦又加在儿女身上，形成一个恶性循环。

好妻子旺三代，是因为好妻子会成为好母亲，养育出优秀的儿女，成为一个家族崛起的原始动力。

4. 母亲的认知决定孩子的高度

成功人士的背后，大都有一个伟大的母亲。推动摇篮的手，就是推动世界的手。

奥巴马在回忆录中这样描述他的母亲：每天清晨4点，妈妈都会叫他起床，"逼我吃早饭，随后教我学3个小时英语，接着两人分别去上班上学"，这样的情况每周持续5天。奥巴马小朋友尝试过反对，但母亲却说，"这对我来说更不轻松，好吗？"

这个19岁就嫁了黑人青年又离婚的白人女性，独自抚养儿子长大，却始终不忘梦想。她攻读了人类学硕士，又为了完成博士学位去到印尼做田野调查，50岁终于获得博士学位。

所以，无爹可拼的奥巴马在母亲的榜样作用下茁壮成长，成为美国第一位黑人总统。因为他有优秀的母亲，可以学她的努力和坚韧，拼她的见识和能力。

父母是孩子最好的老师，财产可继承，观念和习惯，也能在日复一日的耳濡目染里传承下去。一个奋发向上、以身作则的母亲，养育出的孩子通常也乐观积极，更有掌控生活的能力。

所以有人说，教育就是拼爹拼妈。而有妈可拼的孩子，一定比无妈可拼的孩子更好命。

因为每个刚刚来到世上的孩子都是纯洁无瑕的，如同一张白纸，来日会成为乌七八糟的一团，还是明媚的锦绣山水？没人能够断言。而母亲，无疑就是执笔的第一人。

随着年龄的增长，环境和教育都会成为孩子的塑造因素之一，但幼年时期形成的性格会影响一生。而那种温柔却强大的母性力量，会持续在孩子的人生里发光发热。

民间有句俗语，宁跟讨饭的妈，不跟做官的爹。

或许是因为世俗里的拼爹，拼的多是权势、财富、金钱和资源。拼妈，却集中在软实力建设，注重培养孩子面对困难、感知幸福的内在能力。而这，是比家世门第、财富物质更重要的立身之本。

将孩子带来世上的那个人，有义务把他们带向更好的地方去。所以，作为女性的我们完善修正自己，才是对自己的孩子负责的最根本态度。

因为你的努力，在很大程度上，能让你的孩子在这个光怪陆离、处处艰险的世界里，有妈可拼，有力量可倚仗。

智商情商你都重视了，
食商呢

1. 好好吃饭，也能上升到人生高度

大学时，为了买一件商场的漂亮衣服，我连吃了半个月方便面。得知这个消息后，一位要好的学姐把我狠狠教育了一顿。

学姐带我去了校门口的西餐厅，点了牛排、意面和水果拼盘，勒令我马上吃下去。那一刻的西餐厅放着轻音乐，五彩斑斓的食物看起来无比诱人。可我还是有些扭捏，一直跟学姐说着我没事，不用讲究吃喝。

有多少人和那时的我一样，吃饭但求果腹，还沾沾自喜地认为自己把钱花在了刀刃上。可是那天学姐告诉我，敷衍自己的胃，等同于马马虎虎过一生。

在此之前我从没想过，普通得不能再普通的吃饭，还能上升到人生高度。

学姐提起了自己的父母，一对下岗工人，曾靠着救济金凄惶度日。最难的时候，学姐整整一年没有新衣新鞋穿，但饭桌上的一日三餐总有新鲜菜蔬和水果，一家人围坐着吃饭时说说笑笑，

日子的艰难似乎也因为那些美味佳肴淡去好几分。

那时候她的爸爸在工地做小工，妈妈在一家小馆子洗碗，收入微薄、学识浅显的父母，在苦难面前讲不出大道理，只默默秉承着最接地气的人生哲学，好好吃饭，天天向上。

他们也时常告诫她，宁吃鲜桃一口，不食烂杏一筐。于是她的童年记忆里，总有红艳艳的大苹果和青翠欲滴的小青菜，数量不多，但它们点缀着灰暗的穷苦日子，让人不由自主地去相信生活一定会好起来。

那些蛋白质、碳水化合物和维生素，不仅养成骨血，还养成一个人对待生活的态度。

2. 从一个人的饮食习性可见其"食商"

我们这一代人，生于和平，长于安乐，对饮食已缺乏最基本的信仰和敬畏。

你看写字楼里，多的是以快餐外卖填充饥肠的年轻人。华灯初上、夜色迷离里，又有多少烧烤、啤酒匆忙穿肠而过。

我们爱吃，却不大会吃，自诩吃货却只是个酒囊饭袋。

身边有个女孩，身材不佳总嚷嚷着减肥。她的工作是设计师，时常坐一整天不挪窝，于是肥肉如雨后春笋般旺盛生长。痛定思痛后，姑娘开始了节食，誓要把体重降到100斤以下，变身白瘦美走上人生巅峰。

开始几天，她的一日三餐都只有一个苹果，一周下来面黄肌瘦，整个人都萎靡不振，工作也频频出错。我们劝她吃点米饭、青菜，她狠狠拒绝。

第七天晚上，公司聚餐，吃的是铁板烤肉。已经饿极了的她难挡诱惑，在阵阵香气的诱惑里放开了大吃大喝，结果第二天上秤一看，减肥大业无奈地宣告失败。

不服气的她又开始了更加惨烈的节食，坚持不到五天却再度破戒大吃。反反复复折腾了好几次，如今依旧是个胖美人。

无法掌控的食欲，有时也像脱缰野马，在你的人生里肆意妄为。因为你并不太懂得食物的气性，也很难寻找到与美食和平共处的规律。

说到底，还是食商太低。

一个人的饮食习性，其实就是智力、情商、经历与食物碰触出的产物，大致可用"食商"二字来概括，简单描述一下，便是吃什么、为什么吃、怎么吃。

就拿减肥一事来说，有人懂得规避高脂肪高热量的食物，用粗纤维与运动来达成瘦身目的，而有人反反复复与美食做斗争，却始终无奈一身五花膘。

你看那些常年煲着银耳羹，把红枣、芝麻当作零食吃的人，身强体健、肤白貌美的概率通常会比别人高许多。

规律有序地饮食，吃出健康和美丽，才是高食商的第一准则。

3. 一粥一饭也可吃出快乐

从前，同宿舍一个姑娘对男神表白失败，却买了一碗刨冰来吃。

她边哭号边大口吃着刨冰："吃饱了我就有力气恢复。不就是失个恋吗？还有那么多好吃的呢，我才不怕！"

那画面搞笑至极，我们笑得特别不厚道，她却旁若无人，哭哭啼啼地大口吞咽。吃完了一抹嘴，又拿过练习册来做作业，尽管还在抽泣。

我猜想，混合着食欲吞下去的，大概还有她心里的不良情绪吧。相较于那些把伤痛闷在心里搞得人比黄花瘦的女孩，倒多了几分率性可爱。

这姑娘有一句名言，"已经伤了心，就别再伤胃了。到食物里寻找慰藉吧，去得到烟火人间里最充满温情的治愈"。

乍一听，像吃货的自我辩解，细一想，竟觉得富含哲理。她懂得及时止损，明白怎样转移注意力，还知道对自己好的真正法门是什么。

从对吃的态度里，其实看得出一个人的心理素质和调控能力。那些伤透了心还能把胃照顾好的人，更能权衡利弊得失，永远不会辜负自己。

让人想起了苏轼和东坡肉。

"黄州好猪肉，价贱如粪土，富者不肯吃，贫者不解煮。慢着火，少着水，火候足时它自美。每日早来打一碗，饱得自家君莫管。"

被贬谪的漫漫时光里，缓解伤痛的除了陪在身边的红颜知己，肯定还有一盘肥而不腻的东坡肉。从来美食如美人，朝夕相看两不厌。

孤独的人要吃饱饭、伤心的人要吃饱饭，是因为美食慰藉肠胃，更慰藉心灵。能从一粥一饭里吃出快乐的人，食商一定不低，他们本身已具备强大的自愈能力。美食，不过锦上添花。

4. 懂得吃喝之道的人过得不会差

我身边的著名吃货汪姑娘，是我见过的最懂吃喝之道的女孩。

春天花开，她晓得去买山里老婆婆背来卖的棠梨花，洗净焯水，装盘凉拌，餐桌上便盛开了花团锦簇的春天。

冬日飘雪，她知道要温一壶黄酒，来就着锅里咕嘟咕嘟炖的羊肉吃，一口黄酒一口肉，于是窗外的大雪入得诗，梅花也入得诗。

我们都喜欢去她家吃饭，因为餐具精美，骨瓷、青花瓷一应俱全。她还会根据食物的颜色气质挑选合适的餐具，自酿的青梅酒装在绘着荷花的小盅里，未饮已先醉。

汪姑娘的家不大，摆设也不多，但每一件都恰到好处，浓淡相宜地点缀着小小的空间。这样的用餐环境，就是真正的秀色可餐吧。短短四字，已然可见主人的用心和雅致。

能把吃饭变为行为艺术的，才是最高段位的饕餮。得长了一颗多玲珑剔透的心，对生活抱有多大的热忱，才创造得出这样的碟中风景啊？

吃到深处，食物的作用就不仅仅是填饱肚子了。它和诗词歌赋一样，是世俗生活里的一种追求与享受。

读过许多书，给我印象最深的是《上海的金枝玉叶》里一个片段，被下放农场的郭婉莹在煤炉上，用小铝锅烤出一只纯正的彼得堡风味的蛋糕。

我猜那个午后飘荡着的芳香，不仅来自蛋糕，还来自她的灵魂。

这样的人，能对自我进行严格管理、对生活永远饱含深情、追求美好的脚步永不停歇，日子过得一定不会差。

20世纪30年代，上海名媛们就读的中西女塾里，有一门功课是烹饪，教女孩们学做中西餐点、主持宴会，成为优秀的女主人。这所学校，出了郭婉莹，还出了宋氏三姐妹。

可能也只有中国，才会将吃视为人生头等大事，更早早看出食物里藏着一个人的价值观。

孔夫子说"食不厌精，脍不厌细"，是士大夫的阳春白雪。

卓文君说"努力加餐勿念妾"，是小女子的痴心不改。

毛主席说"要知道梨子的滋味，你就得变革梨子，亲口吃一吃"。这是伟人的破旧出新。

所以要教那些名门淑女烹调法门，不为洗手做羹汤，只为透过这大千世界的种种食物，来达成一种与生活和谐处之的能力。

行过许多桥，走过许多路，爱过几个人，我也渐渐明白，一个人的吃相和对吃的态度里，其实也藏着他走过的路、读过的书和遇见的人。

会吃、懂吃的高食商之人，明白怎样从大千世界长出的各式食物里获取健康、调剂生活、安抚心灵。

对于苦乐交加的一生，这相当重要。

后　记

爸爸妈妈说，一岁抓周时，我选了一支笔，紧紧抓在手心。

当孩子周岁时，父母将懵懂的稚儿放在依次排开的各类物品前，让他们第一次独立面对这个广阔的大千世界，因为很多中国人相信，孩子这种无意识的选择会预测出他们一生的命运走向，这种桥段在《红楼梦》等各类文学、影视作品中都曾出现过。

21年后，一个炎炎夏日，刚在病房里安顿下来的我，忍着疼痛从抽屉里摸出一支笔，在一张化验单背面细细碎碎地写下了当时的心情。

不记得写了什么，只记得病房里安静极了，在铅笔摩擦纸张的沙沙声中，我的心却逐渐安定了下来，那一刻我想，我大概能够在这种磨人的病痛煎熬里淡定地活下去了。

因为我还有一个寄托、一个武器，让自己可以打发漫长的患病时光，同时，它也成为了我未来行走的拐杖。

生病前，我是某家都市报的实习记者，虽然任职时间只有两个月，日日也只是在市井之间奔走采访，最后见报经常也只是社会新闻版里的一个小小的豆腐块，我却也甘之如饴。不敢说多么热爱写作，但它，的确是我自十几岁以来一直追寻的梦想。

16岁时，我在当时的少女杂志上，发表了我人生第一篇小说，并得了300多块钱的稿费，甚至还有读者找到博客给我留言。那种成就感和愉悦感不仅陪伴我走过了整个少女时期，也成为我义无反顾投身新闻界的原因之一。所谓"铁肩担道义，妙手著文章"，那时的我以为自己的文字可以拯救苍生。

只是不曾想到的是，最先被拯救的人会是自己。

这或许就是冥冥之中的注定吧，想不到周岁时的懵懂无知，真的预示了后来的命运。

在那之后的三年里，我的生活里便只剩下了透析和写字。那时的写作因寂寞而格外沉静，我再也写不出幻想世界里的繁华万千，取而代之的是真实人生里的悲欢离合以及芸芸众生的喜怒哀乐。也许是因为深夜痛哭过，逐渐有了谈论人生的资本，笔端便也渐渐转换了色彩。这代表我在慢慢成熟，尽管是用世间最痛苦的方式。

在等待肾源的两年多时间里，我写下了20多万字，当我躺在透析台上时，那些文字总是悄然滑入我的脑海。我心里默念着这样那样的字句，伴随着缓缓流向机器的血液，经过透析机，再返回我的身体，它们也同样在我的脑海里轻轻往返流淌着。如此周而复始，让我有事可做，也有未来可期盼。经验告诉我，病人最怕的其实是闲，因为闲极生无聊，无聊则易生消极悲观。

那时，最大的愿望就是出书了，讲我的故事，留下点什么在人间，好证明我曾来过。

但这本书里的文字，几乎都写于我移植手术完毕，一步步走回正常人生轨道的途中。近一年半里，我找到了工作、谈恋爱、结婚，也读书、写字，别人22岁就做的事情，我到了26岁才开始，晚了好几年，但终于还是来了。

其实大部分时候，我已忘了自己是个病人，一天三顿吃药混合在一日三餐里，定期复查也分散在日复一日的宁静时光里。偶尔回头再看一眼走过的路，恐惧和不安也都在渐渐消除。

唯一不同的是，经历生死考验后，我对生活有了些不一样的感悟。于是我写下自己的经历、爱情和人生，以及一些小小的思考，算是给过往一个交代，圆了绝望时光里的梦。

我会一直写下去的吧，哪怕某一天再次坠入生死未卜的茫然无措里。写作治不了病，但安得了心。安下了心，便不再惧怕狂风暴雨。

最后，感谢所有为这本书的问世做出努力的人，感谢高先生、陈同学和本书编辑，也感谢我自己，从未放弃，无论写作还是生命。

婉兮

2017年1月24日写于云南